L E   P O U L P E

LA PIEUVRE PAR NEUF

LE POULPE

Jean-Bernard Pouy	*La petite écuyère a cafté*
Serge Quadruppani	*Saigne sur mer*
Patrick Raynal	*Arrêtez le carrelage*
Moutiers Daeninckx	*Nazis dans le métro*
Noël Simsolo	*Un travelo nommé désir*
Franck Pavloff	*Un trou dans la zone*
Jean-Jacques Reboux	*La cerise sur le gâteux*
Paul Vecchiali	*La pieuvre par neuf*

Du même auteur :

Marie-Christine, Éditions d'Halluin, 1966, (épuisé)
Poussières, Éditions Aléas, 1992
Quand meurt le fantastique, Éditions Aléas, 1992

ISBN : 2-84219-010-6
ISSN : 1265-986X

LE POULPE

paul vecchiali

LA PIEUVRE PAR NEUF

LE POULPE
ÉDITIONS BALEINE

À Françoise Dousset
À David Lang

1 – Saint sur cinq

– Non.

Son visage buté le rend à peine plus viril. Il baisse les yeux, s'enferme.

– Tu veux me faire croire qu'un petit mec comme toi a besoin des petites annonces pour faire des rencontres ? Pourquoi mens-tu ?

– Je ne mens pas...

Une colère sourde avive le bleu du regard. Les cheveux, très courts, descendent bas sur les tempes, noirs, drus. Le corps, nu, ne se cache ni ne se montre, entre réserve et perversité.

– Des aventures, je peux en avoir autant que je veux, c'est vrai. Mais j'aime pas être choisi... Les jeunes n'ont rien à raconter.

– Et les vieux ?

– Y'a que des folles qui me draguent, des Saint-Ex plein les mains.

Le mistral a soufflé toute la journée sur Pampelonne, saccageant les dentelles de nuages qui tentent désespérément de survivre. Sur le tard, le calme est revenu avec la chaleur sèche plombant cette écharpe de sable incurvée çà et là sous les assauts de la mer entre l'Aqua et la Cabane Bambou.

Au milieu des tamarix african, des nouvelles pousses de pin, des roseaux renaissants, des chardons en liberté, une pancarte prévient les touristes : «Reconstitution du littoral. Merci de votre aide».

D'innombrables ganivelles enclavent la zone des dunes où, l'an dernier encore, «s'égayaient» sans s'égarer des corps nus en mal de mâle.

Jacques Desriez soulève sa fesse gauche, tend son visage vers l'arrière-plage.

– C'est bien beau de vouloir reconstituer la flore aux dépens de la... faune mais moi, cet attirail me rappelle trop l'Algérie et ses barbelés ! J'espère qu'ici, le réseau n'est pas électrifié.

Il éclate de rire. En face de lui, l'œil bleu reste grave.

– Tu as des dents magnifiques, ose le jeune homme, la voix en suspens.

– ...Pour mon âge, tu veux dire ? Écoute, tu es très mignon, très beau si tu préfères. Ce rendez-vous sur cette plage était une bonne idée même si le Minitel m'a fait hésiter... Nous avons nagé longtemps, presque trop pour moi mais c'était tonique ! J'avais oublié jusqu'au souvenir de ma sportive jeunesse. Merci de m'en avoir redonné un aperçu... Au revoir !

– ...

– Je t'ai dit au revoir, insiste l'homme.

– Eh bien, va-t'en !

Jacques Desriez ne rit plus. Il effleure le sourcil

droit du jeune homme qui ne bronche pas, ne cille pas, le fixe sans indulgence.

– De toute façon, tu ne me parles pas. Tu fais des phrases…

La main retombe.

– Et qu'est-ce que je pourrais te dire ? réplique Jacques, à la limite du mépris, nous sommes à…

– Des années-lumière l'un de l'autre ? Bonjour les clichés…

– Alors, c'est quoi d'après toi ? Le coup de foudre ?

– Non !

– Tu sais très bien dire ça…

– Quoi ?

– Non…

Enfin un sourire sous le regard bleu, innocent. Puis le silence : piège de séduction.

– Tu connais Chez Palmyre ?

– C'est de mon âge, plus que du tien…

– Arrête avec ton âge ! À côté, il y a une rue…

– La rue des Bouchonniers ?

– Exactement. Je serai là, au coin, à partir de dix heures à la nuit, et pour la nuit s'il le faut. Juge-moi comme tu le sens, je peux pas t'en empêcher. Mais, il faut que tu le saches, c'est toi que je cherche depuis que je suis en âge d'aimer…

Il se lève, court dans le sable encore chaud et va trouer l'eau plate, frissonnante, noire comme un lac japonais.

Dans l'air allégé du couchant, le bruit régulier du crawl semble très proche à Jacques Desriez. Il consulte sa Bretling : 17 juillet 1995.

– À marquer d'une pierre blanche, se murmure-t-il en souriant.

Il ne croit pas si bien dire…

***

Jeudi 20 juillet 1995.
Saint-Tropez. La Romana.

– Happy birthday to you ! Happy birthday to you !

Les saccades des «Saint-Té» sont bientôt couvertes par le beau contralto d'Alix de Saint-Ouen, figure emblématique de la Côte d'Azur.

– Happy birthday, Ludovic ! Happy birthday, my love !

– Merci ma puce, coupe Ludovic, espérant écourter le rituel.

Alix ne l'entend pas ainsi. Elle r'hurle «happy birthday to you» en battant des mains, tandis que la gentille serveuse de la Romana déclenche les applaudissements aussitôt nourris par l'assistance.

Une débauche de rythmes, de bravos, de rires, d'exclamations, de sarcasmes (les tables voisines), célèbre le cinquantenaire de Ludovic Pétard, grand chef d'industrie basé à Ramatuelle.

Le silence qui suit n'est pas de Mozart. Tout étonné de se voir confier la vedette, il descend en souplesse des hauteurs où ces faux excès de sympathie l'avaient confiné, retombe en vagues odoriférantes sur les ramades des alarias géants, glisse sur les dracenas confus et se dissipe dans ces lauriers que l'on dit roses mais qui sont, ici, blancs et rougeoyants. Alix lève sa coupe. Tout le monde frémit.

Noire, elle l'est de la tête aux pieds, souliers aigus, cheveux gorgonesques sans oublier le porte-jarretelles que l'on aperçoit sous la robe, noire elle aussi, de dentelles hasardeuses, laissant très bas le dos nu.

Naturiste à n'en pas douter.

Noire encore, elle l'est depuis dix-neuf heures : on pourrait dire depuis l'enfance –tant elle a appris à boire de bonne heure et de bon cœur– si elle n'était née à Pantin d'un père blanchement garagiste et d'une mère foutrement disponible. Tous deux appelés Laglu bien qu'officiellement mariés. Et parents d'une fille unique baptisée Hortense.

«Alix» était venu plus tard, en même temps que de Saint-Ouen lorsque, après son quatrième avortement, elle avait épousé ce comte défait, à la particule authentique.

Alix donc lève sa coupe. Tout le monde donc frémit.

– Tu es mon roi, Ludo ! Et je serai ta fée morganatique tant que tu vivras…

– Ce qui laisse à penser qu'elle mourra après lui, glousse la baronne de Vinteuil à son voisin le plus proche.

– S'il ne tenait qu'à moi, répond celui-ci, elle ne vivrait pas une minute de plus. J'ai passé six mois avec «ça» : six mois de «bonhorreur» !

La baronne s'esclaffe. Alix titube.

– La bouffe est divine. L'air est frais. C'est ainsi que j'aime les soirs d'été.

Elle ingurgite sa soixante-douzième coupe de Rœderer tout en lorgnant dans le corsage impudique de la Sybèle Morhange qui se prétend petite-fille d'un écrivain célèbre.

Ludovic, lui, consulte sa montre.

– Vous qui vous aimez tant, suggère Sybèle avec une pointe d'ironie, pourquoi ne nous inventez-vous pas un somptueux mariage ? Ce serait une bonne idée, non ?

– Tiens pardine ! cingle la baronne de Vinteuil. Et comment que ce serait une bonne idée : passer de la comtesse de Saint-Ouen à madame Pétard !

– Qu'est-ce qu'elle dit, l'affreuse ?

– L'affreuse dit, chère Alix, qu'il n'est pas si tard.

– Pour une fois, l'affreuse a raison. Ludo, laisse cette montre. Vous allez voir, il va nous invoquer un rendez-vous d'affaires.

Alix, qui entend se lever, feint la culbute. Elle tombe sur Ludovic, s'agrippe à ses épaules.

– Si tu quittes ce dîner, lui siffle-t-elle à l'oreille, je te ferai une telle réputation que tu n'auras plus qu'à te flinguer. À moins que je ne le fasse moi-même !

Ludovic la remet en ordre, lui flatte l'échine, s'essuie la bouche et repose sa serviette.

– Je t'en prie, Ludo, reprend l'ex-Hortense Laglu, à haute voix, pas ce soir… Remets ce rendez-vous !

Des sourires gênés s'échangent dans l'expectative.

Sybèle Morhange allume posément une cigarette. Le regard qu'elle porte sur Alix est sans pitié. Après un temps, c'est un œil chargé de défi qu'elle offre à Ludovic.

Ce dernier n'hésite pas longtemps. Il sourit tendrement à Alix. Soulevant le menton de la femme, il dépose un baiser sur ses lèvres humides. La bouche remonte le long des joues, boit les larmes.

Au-dehors, une ombre travellingue derrière les feuillages. Une ombre avec un visage d'ange et des éclairs bleus.

Un drôle de silence accompagne la fuite de Ludovic Pétard. Un silence épais, solennel : un silence de mort.

* * *

Demain 23 juillet. Finies les vacances. Faudra se remettre à la pelleteuse. En plein cagnard naturellement. L'avantage, c'est qu'on pourra s'exhiber en mini-short, frimer auprès des copains question bronzette, et partout s'il vous plaît ! Tiens, mate un peu : les fesses en chocolat et la zigounette assortie... Les muscles à l'air au top niveau : des journées entières dans les vagues... Le corps qui reprend ses formes et l'âge qu'on oublie : dix ans de moins qu'on lui avait donnés pas plus tard qu'hier... Calmos. Tranquillos. Trois semaines d'extase prolo avec la pétanque le soir au camping, le pastaga et la pizza qu'Angélina, sa femme, préparait pour la smala sans oublier les huit mouflets – enfin ceux qui restaient parce que les grands y préféraient se tirer de bonne heure pour aller flairer dans les coins comme de bons matous, nez au vent... Jour après jour, même discipline librement consentie, rythme syndical ouais ! Mais, lui, Albert, il gardait son petit quant-à-soi, son moment à lui, sa solitude. Tout repartait vers le P.C. : hommes, femmes, enfants, matelas pneumatiques, ballons, chiens... Et lui, il flemmardait à l'ancienne dans les derniers rayons du soleil... Mais aujourd'hui, au lieu de se repaître du paysage comme d'habitude, la tête vidée par le vent et la bonne fatigue, il s'était endormi à même le sable, jambe droite un peu relevée pour faire respirer l'intimité.

Voilà ce que ruminait Albert Dumoulin en fermant sa voiture au parking des Lices. Maintenant il laisse l'air de la nuit calmer la fièvre de son front. Parce que la suite est plus difficile à évoquer. Parce que son sang circule trop vite. Parce que les images reviennent avec trop de netteté. Parce qu'il les revoit là, dans ce parking anodin, comme dans un film, préciscs, vivantes…

La brise du soir ? Non, c'est bien une main qui l'effleure et qui le caresse à présent. Il ne bouge pas, Albert. Sous son bras replié, il risque un soupçon de regard… Putain, c'est un mec, un jeune mec tout bronzé… Et qu'est-ce qu'on fait dans ces cas-là ?

Il avait bien remarqué, et ses copains aussi, que sur cette plage naturiste, les jeux n'étaient pas toujours naturels. Mais lui s'en foutait : très peu pour lui, la mentalité de flicard ! Même quand la drague se faisait plus précise, dans l'eau, à la faveur de la houle. Ils en riaient tous, sans méchanceté, de la malice plein les yeux…

La main monte, s'insinue sous la cuisse, palpe ses bourses chaudes. Deux doigts glissent vers la tige, tendue, palpitante, à demi-enfoncée dans le sable… Il se sent entre l'excitation et la colère, entre la honte et le plaisir. Lui, Albert Dumoulin, conducteur d'engins à Auxerre, marié à une superbe Italienne qui lui a pondu huit beaux mâles !

Mon p'tit vieux, tout à l'heure, tu vas te prendre un de ces pains dans la gueule ! Mais il n'ose pas. Il reste là tout con, à ne pas pouvoir contrôler sa respiration. Le pouce, indiscret, va et vient, s'approche de l'anus… Au loin, quelques baigneurs insouciants chahutent en riant dans l'eau…

Tout à coup, plus de main… Albert garde ses yeux fermés. Il attend. Sans savoir quoi : quelque chose doit arriver, il en est sûr ! Et alors il se redressera et il lui fera passer son envie à cette pédale de merde !

Il remonte légèrement sa jambe comme un dormeur qui reprend pied. Et la chose se produit : une langue souple et active s'empare de son anus pour le fouiller si profond que le nez du jeune homme vient s'écraser sur ses fesses durcies, révoltées et finalement consentantes.

C'est en grimpant la rue de la Miséricorde qu'il repense à tout ça, Albert, et surtout à sa stupéfaction en constatant qu'il avait joui sous les caresses du jeune homme. La trique lui revient.

Angélina lui avait donné la permission de sortir. Pour le dernier soir, elle n'avait pas su refuser. Et Albert s'était hâté vers son rendez-vous.

La voilà cette rue des Bouchonniers où le petit gars aux yeux bleus lui a dit qu'il l'attendrait. Il rit de sa propre naïveté : un bon lapin chasseur, c'est ça qui lui pend au nez ! Bah ! Il ira faire un tour sur le port admirer les Rivas et les somptueux Langoustas, produits de la coke d'Azur comme on disait au camping... Puis il rentrera retrouver la chaleur d'Angélina...

Albert Dumoulin, l'esprit léger tout à coup, s'adosse au mur près du magasin de colifichets et de souvenirs. Dix coups sonnent à l'église. Il est pile à l'heure...

– Qu'est-ce que je fous là, nom de Dieu !

Mais la nuit est douce après tout et cet instant-là en vaut bien un autre, volé à la morosité et à la routine. Même s'il s'est fait avoir. Même si on s'est moqué de lui...

Un petit vent agite les feuillages. La lumière du réverbère en profite pour explorer les endroits les plus obscurs, frissonnant le long des murs, piquetant les géraniums aux fenêtres puis, sous un appel d'air plus exigeant, descendant jusque dans la rue des Bouchonniers pour illuminer un beau regard bleu posé sur un visage noirci de soleil...

Le cœur d'Albert explose.

Déjà !

***

Mardi 25 juillet 1995.
Une chambre. Rue des Bouchonniers.

– Non.

– Me regarde pas comme ça avec tes beaux yeux bleus, ça n'y changera rien. Suce-moi, je te dis…

– Pas question !

– Ça veut dire quoi : pas question ?

– Fais pas chier !

Yeux Bleus l'avait ramassé sur le Port de Saint-Tropez vers une heure du matin, plein à ras bord de bibine et de suffisance. Errant. L'œil amusé, prêt à tout… Le hasard !

Dans la matinée, l'homme s'exhibait sur la plage, sans complaisance, nu pour les autres, habillé pour lui, habillé de muscles domestiqués, ruisselants de puissance, pudique dans la perfection de ses lignes. Visage grec, barbe et cheveu court grisonnants. Et ce même amusement dans l'œil.

Le plus excitant, c'était de le voir s'occuper de sa femme : dos à lui, elle renversait la tête pour offrir son visage, paupières closes. Il l'épilait. Gestes sûrs et tendres. Mécanique éprouvée. À chaque mouvement, la peau glissait sur la musculature : un chef-d'œuvre.

Mais sitôt dans la chambre, à peine déshabillé, il s'était écroulé sur le lit, cloué par le sommeil. Et la bête s'était révélée vulgaire, vulgaire et sale.

Toute la nuit, ronflant, pétant, emplissant l'air déjà saturé de la chambre d'une puanteur aillée qui semblait ne plus jamais devoir quitter les lieux. On ne pouvait pas ouvrir la fenêtre : c'était interdit.

Pour tromper le temps, Yeux Bleus avait fouillé dans le portefeuille. Célestin Lafleur officiait dans un gymnase à Montreuil et avait épousé une manucure prénommée Violette : gag !

Enfin le matin avait jeté quelques minuscules rondelles roses sur le grand corps musclé. L'homme s'était éveillé, avait souri en s'étirant, satisfait de la fermeté et de la bonne tenue de sa verge qui battait la mesure comme un métronome.

– Allez ! Suce-moi ! M'oblige pas à m'énerver.

– Je le fais pas.

– Tu veux du fric ?

– Non !

– Alors ? Parce que j'ai pas de capote ? T'as peut-être pas remarqué mais je suis plutôt du genre sain… Dépêche !

– Je t'emmerde !

– Faut pas me causer comme ça, mon gars ! Tu vas t'occuper de ma bite, et avec ardeur s'il te plaît parce que c'est le matin et que c'est le matin, le plus bon…

– T'as qu'à te branler si tu veux. Moi, je ferai rien avec toi.

Le poing part sans qu'on sache comment. Il percute la lèvre, le sang jaillit.

– T'aurais pas dû.

L'œil bleu se fait cruel, mince. En face, le sourire qui s'était ébauché s'efface. Une seule action, fulgurante : le petit gars se retrouve sur le lit, poignets tordus dans le dos, nez sur les draps. Un genou impatient fouille ses cuisses pour les ouvrir.

– Et toi, t'aurais dû me pomper bien gentiment… Pourquoi tu m'as fait monter, hein ?

– Trop tôt pour te l'expliquer…

– Eh ben moi, je pense que c'est trop tard !

Retenant les deux poignets d'une seule main, de l'autre, l'homme se prépare pour pénétrer Yeux Bleus.

– Non !

Le hurlement résonne jusque dans la rue.

– Tu vas la prendre, petite salope ! Et, je peux te l'annoncer, tu adoreras ça…

– Non ! NON !!!

Sanglots. Râles. Appels au secours. Le musculeux n'entend rien. Il est tout entier dans sa fureur.

Il mouille de salive l'anus du garçon puis la tête de sa verge à lui, se présente, recule un peu l'instant pour jouir de son pouvoir, cambre les reins… s'immobilise brusquement, l'œil en panique…

Un revolver vient de se poser sur sa tempe.

Célestin Lafleur relève doucement la tête. Au bout de l'arme, un homme, encagoulé de blanc.

– Eh ! Déconnez pas ! Vous allez pas me flinguer pour ça…

– Pas pour ça, lui répond-on, et pas ici… Rhabille-toi !

Yeux Bleus abandonne la chambre à reculons, essoufflé. Son regard reste calme. Ses gestes mécaniques pour enfiler son tee-shirt attestent de son indifférence.

***

Vendredi 28 juillet 1995.
Cinq heures. Les environs de la Garde-Freinet.

Michel Villedieu reprend conscience. Du moins le croit-il. Embrumé, séquestré, son cerveau s'efforce à quelque lueur. Mais le jour qui, selon le cliché, pointe à l'horizon ne parvient pas tout à fait à libérer les neurones asservis.

Les ronces où Villedieu s'accroche pour tenter de quitter sa couche improvisée, lui confirment qu'il est en pleine campagne, sauvage de surcroît. La première chose qu'il aperçoit est une touffe de belle blancheur qui pourrait figurer un buisson de cistes mais cet éblouissement n'est-il pas un effet secondaire de la drogue ? Il s'interroge sur les raisons de sa présence ici. Comédien adulé, désintoxiqué depuis deux ans, exemple rassurant pour toute une profession qui l'admire et le respecte, pourquoi aurait-il replongé ? ou pour qui ?

Il ferme les yeux, se concentre à la Stanislawsky.

Un visage lui apparaît, qui disparaît très vite, reparaît, l'inondant de douceur. Des lambeaux de phrases tintent à ses oreilles. Une rue sombre éclairée par des réverbères parcimonieux passe dans son souvenir puis une peau brune soutenue par un beau regard bleu…

Michel Villedieu arrête l'image sur ce regard. Il oublie tout le reste et se refuse à rationaliser. Une voix têtue, des roseaux courbés par le vent, un dîner expédié, un rendez-vous, une chambre sommaire… La lucidité le rattrape par éclairs furtifs : *Oui, oui, oui, c'est comme ça, c'est comme ça que tout a commencé, je me souviens.*

Il ose libérer ses yeux, murmure encore une fois dans le ravissement *je me souviens.* Il regarde alentour, espérant découvrir ce corps et ce visage tant désirés. Mais il n'y a devant lui qu'une masse blanche qui se répartit peu à peu en quatre cagoules tellement incongrues dans ce décor qu'il en explose d'un rire énorme, ce rire qui l'a rendu justement célèbre.

– Surprise, surprise, tonne-t-il, croyant à une blague, ou le souhaitant.

Dans le même temps, il pense avoir vécu cette scène à l'écran. Une scène de ce genre accompagnée d'envolées musicales doucereuses et contradictoires. Mais, comme seule musique, on n'entend ici que les trilles en cascades de quelques oiseaux frileux.

Les cagoules se mettent en mouvement. Des mains gantées ouvrent une jolie panière d'où sortent en coulissant une demi-douzaine de vipères. Les serpents montent le long de son corps. Il reste immobile, amusé par cette aventure qu'il continue de juger improbable.

L'une des vipères le pique à la naissance du cou. Michel Villedieu, toujours incrédule, se dit qu'on peut mourir pour un instant de grâce comme celui-ci.

2 – Un rêve en char

Lundi 31 juillet 1995.

Lorsque Gabriel Lecouvreur, dit le Poulpe, s'éveille, il se trouve nez à nez avec Marilyn Monroe, si près qu'il pourrait lui compter les poils des narines. Son émotion passée (rêve-je ou dors-je ?), il décide d'accommoder le plus lentement possible et il comprend qu'on a posé juste devant lui le portrait de la star, encadré de rose. Le Poulpe éternue.

– T'es déjà réveillé ? Il n'est pas encore six heures.

Pas de doute : c'est bien le matin. Il est bien dans le lit de Cheryl, sa coiffeuse préférée. Sans elle, en train de trifouiller dans la cuisine d'où elle vient de l'apostropher.

De ravissantes volutes de fumées accompagnées d'une forte odeur de brûlé volètent dans la chambre à la recherche d'une issue. Quelques jurons justifiés n'arrivent pas à les dissiper.

– Qu'est-ce tu fous debout s'il est si tôt ?

– J'arrivais plus à dormir…

– Et ce portrait sur le lit ?

– Un relais, ça s'appelle un relais !

– Comprends pas ! dit le Poulpe en se grattant la tête. C'est du dialecte coiffure ?

– Non, hurle la fausse brune en déboulant, nue et verte (de colère) comme une asperge. C'est le langage d'une femme délaissée, omise au rancart, seule dans un lit à deux places et détestant les palliatifs !

– Chez une coiffeuse, hasarde le Poulpe, c'est normal : quand il y a pal, y'a tif…

– Celle-là, je suis pas prête à te la pardonner, riposte Cheryl.

– Ben quoi ! Les toasts ont vraiment brûlé ou c'est un chagrin ?

Elle sanglote.

– C'est une douleur. Une douleur profonde.

– Bon alors, ce relais, c'était censé faire quoi ? demande Gabriel en se dégageant du drap, un truc dans ce genre ?

– À peu près, sourit Cheryl dans ses larmes. Si je m'approche, ça va pas retomber ?

– Approche toujours, on verra bien…

Beaucoup plus tard, on avait vu…

– Oh ! Réveille-toi… Le client n'attend pas !

– Wouai wouun woui.

– Sors ta bouche des draps.

Elle émerge, radieuse.

– C'est lundi : je travaille pas ! J'en reviens pas, ajoute-t-elle, songeuse, j'ai pas cru une seconde que ça pouvait marcher, le truc du portrait. C'était juste pour te foutre en boîte…

– Toi, t'as jamais voulu…

– Voulu quoi ?

– Que je te foute en boîte. Fallait toujours attendre qu'on soit rentrés à la maison.

Ils s'esclaffent, se bousculent, saccagent le lit, manière de se dire l'un à l'autre qu'ils s'aiment et qu'ils sont heureux.

– J'ai cru que t'avais plus envie de moi.

– Mais tu déconnes. Non, c'est à cause de mon rêve… On était en vacances, des vraies avec soleil, nanas bronzées, larbins... Au bord de la piscine... Tu plongeais en me balançant des clins d'œil obscènes...

– Et alors ?

– Ben j'ai plongé aussi. Mais, une fois dans l'eau, je pouvais plus respirer, je m'étouffais...

– Tu t'étais enroulé dans le drap, patate !

– Bousille pas mon rêve ! Tout à coup, une grande bouffée d'oxygène comme si on m'avait mis un masque...

– C'est quand j'ai ouvert la fenêtre.

– Merde, Cheryl ! Tu t'es collée à moi, je te caressais partout, et puis je t'ai repoussée...

– Repoussée ? Tu m'as carrément jetée du lit, oui !

– Parce que t'avais un sexe d'homme entre les cuisses ! Ça m'a fait Freud dans le dos !

– Ouais, marre-toi pas avec ça... Et il était comment mon sexe ? Comme cette petite chose amorphe que je vois là ?

Elle le tripote, l'agace. Marilyn sourit. En rose. Le Poulpe rééternue.

– Fais quand même voir, ordonne-t-il. Je veux être sûr que j'ai rêvé.

Cheryl s'ouvre à Gabriel dont la bouche gourmande est déjà prête.

– T'es nettement mieux en blonde, y'a pas de doute !

* * *

Ce même jour.
Aux alentours de Vidauban.

Un matin doux, presque frais. Le soleil ne cherche même pas à percer les beaux nuages blanchâtres qu'une légère brise caresse au lieu de les pourchasser.

Il est huit heures. Marcel Rossi sifflote en se dirigeant vers son cabanon. Il y a bien deux mois qu'il s'était promis de nettoyer le potager. La chaleur l'en dissuadait jour après jour. Le petit vélomoteur ronflote dans la campagne sans troubler les ricanements des agasses en train de disputer quelques graines aux martinets malicieux.

Rambo, le chien de Marcel, jouote à semer la panique chez les oiseaux qui se dispersent en gracieux vols planés comme pour faire plaisir. Le cortège passé, ils redescendent sans se presser pour explorer le champ.

Marcel range son engin contre un gabion. Rambo se remet en chasse. Il aboie furieusement, fait des sauts de carpe, vient solliciter son maître, repart vers les bois voisins.

– Ça va, Rambo, ça va !

Marcel dégage bêche et râteau d'un geste machinal. Le bonheur dans l'œil. Tout à coup, quelque chose le dérange dans le paysage. La porte. La porte du cabanon est ouverte. Elle a été forcée.

Y'a rien à voler, là-dedans ! Une cruche d'eau, une boîte de biscuits, deux ou trois appelants, des outils, une bouteille de pastis. Ça peut être que des maniaques...

Il s'approche, découvre une masse assise sur la chaise, de dos, écroulée contre la table.

– Oh ! L'homme !

Devant le silence, la peur. Une peur qui remonte de l'enfance. Marcel recule. Rambo est en plein raffut. Pétrifié, Marcel l'entend gémir. Il se penche vers le chien, voit une main dans sa gueule... Une main d'homme. La main de l'homme. Mort.

– Nom de Dieu de nom de Dieu ! Fallait que ça m'arrive à moi !

Rambo insiste, mordille les souliers, hurle à la mort. Marcel Rossi consent à le suivre, butant sur les mottes d'herbe, bêche et râteau à la main.

À quelque cinquante mètres du cabanon, attaquée par les fourmis, une tête sanguinolente est posée sur un monticule. Les yeux de Firmin Malgache, son meilleur ami, pépiniériste à Fréjus, le fixent d'un air de reproche.

– Nom de Dieu de nom de Dieu ! répète Marcel sans trop y croire.

***

Maria arrose ses pots de géranium avec un ensemble de précautions tout à fait hétéroclite. Comme elle aperçoit le Poulpe, avenue Ledru-Rollin, se hâter à sa manière gazelle au ralenti, elle lui fait signe de rester discret.

Gabriel pénètre donc dans le café-restaurant Au Pied de Porc à la Sainte-Scolasse ainsi qu'il l'eut fait dans une église, génuflexion en moins. Ce qu'il y découvre, selon l'expression favorite de Cheryl, lui scie le cul.

En rang d'oignons, scolairement assis sur les chaises désentablées du bistrot, Gérard le patron moustachu et ventripotent, Vlad, l'aide-cuisinier, James, le vieux noir, gérant du bar voisin, Aris, le serveur de la pizzeria kurdo-grecque, et madame Suzanne sans profession, s'éventent avec divers objets anachroniques et en carton, l'œil en puits-à-la-boule, tendus vers la télévision.

Ils ont coupé le son, persuadés de s'épargner ainsi les conneries ultradémago et néanmoins nécrologiques du reporter préposé à l'enterrement de Michel Villedieu, la star internationale.

Le Poulpe rappelle à lui toutes ses réserves de tolérance pour ne pas laisser exploser sa fureur anti-élitiste.

– Un café fort, serré et sans sucre, commande-t-il de son vibrato mâle et exagérément puissant.

Sursautante, Maria en arrose le carrelage. Personne d'autre ne réagit. Dans la lucarne à présent, le ministre de la Culture soi-même pérore, apparemment grandiloquent.

– Quel bel homme ! assure madame Suzanne, en essorant son mouchoir.

D'un seul regard, mais lequel ! Gérard lui fait comprendre que toute remarque, même en rapport étroit et consensuel avec la grandeur du contexte, ne serait qu'obscénité.

– Je peux espérer avoir mon café ? s'entête le Poulpe.

– Fermé ! daigne répondre le patron. Deuil

national. Si la porte est restée ouverte, c'est à cause de la chaleur.

Lisant dans l'œil de Gabriel, Maria qui connaît par cœur, et pour cause, les méchantes colères de son bistroquet de mari, craint le pire. Elle est à côté de la vérité.

Deux pas, un mouvement d'épaule, le Poulpe a coupé l'image.

– Non ! Je peux pas le croire !

Léon, le vieux berger allemand paranoïaque, mascotte du café, croit qu'on en a après lui. Il s'apprête à charger. Gabriel essaie d'abord de l'hypnotiser puis de le vamper. Rien n'y fait.

– Couché, Léon ! Pas de panique… Monsieur *«notre»* Poulpe va relancer le spectacle. Entracte terminé, n'est-ce pas, Vlad ?

L'aide-cuisinier se dresse, ombrageusement ombrageux.

– M'enfin ! s'énerve le Poulpe qui, en matière de B.D., connaît ses classiques, z'allez pas me raconter que vous en pincez pour ce mec, cette tarte industrielle, cette image de synthèse ? Il est nul !

– Monsieur, lance Gérard avec un calme parfaitement adéquat à la solennité ambiante, toutes les opinions ont droit de cité dans *mon* établissement. Tu as exprimé les tiennes avec ce ton péremptoire qui t'est si personnel mais dont, ici, tout le monde *se gausse* éperdument et définitivement. Maintenant tu reprends la porte en sens inverse ou tu fous la paix ! Notre douleur, qui est extrême, a elle aussi, le droit de s'exprimer.

– Mince de tranche ! constate le Poulpe qui,

jusque-là, n'avait jamais entendu pareil vocabulaire dans la bouche du Gros… C'est à ce point ?

– À ce point ! Qu'on rallume ce poste et qu'on donne son journal à monsieur… Maria, ma femme, exceptionnellement et pour qu'il sente dans quel mépris nous le tenons, sers-lui son café.

– Eh ! Oh ! C'est quoi, votre complot ?

– Merde ! conclut dignement le patron.

Le Poulpe, marri, s'effondre sur une chaise. À peine radouci par le sourire de Maria qui vient de déposer le café et la sous-tasse, il s'installe à la table où se trouve déjà le journal, ouvert à *la* page.

L'article, surligné, titre finement *« Un sixième mort au pied de l'Esterel »*. Le Poulpe commence à lire, à haute voix pour bien marquer sa désolidarisation :

« Après la mort de notre superstar nationale, enterrée ce jour au Père Lachaise, on espérait que l'épidémie mortuaire (cinq cadavres en moins de deux semaines) avait atteint son… "point G". La découverte hier matin par Marcel Rossi viticulteur à Vidauban des membres épars de son ami Firmin Mulguche a de nouveau semé le trouble dans la région PACA. On ne peut pas dire que l'enquête piétine : elle ne démarre pas… Sans doute parce qu'aucun lien n'apparaît entre tous ces morts. Avec les cinq premières victimes on aurait pu déduire, au sein de cet imbroglio, qu'il s'agissait de morts naturelles ou de suicides mais après ce sixième meurtre… Récapitulons : 18 juillet, Jacques Desriez, architecte, trouvé égorgé sur le perron de sa villa maximoise. 21 juillet, Ludovic Pétard industriel basé à Ramatuelle, noyé avec sa

voiture dans un trou d'eau près du Plan-de-la-Tour. 22 juillet, Albert Dumoulin, conducteur d'engins, pendu dans la forêt du Dom. 26 juillet, Célestin Lafleur résidant à Montreuil écrasé sur la nationale 7... »

Le Poulpe arrête là sa lecture, le vomi au bord des lèvres. Quelque impression lui suggère, par ailleurs, que la dernière prestation du grand Villedieu (*« égaré en pleine campagne près de la Garde-Freinet, etc, etc...* ») vient de s'achever.

Et, en effet, lorsqu'il relève la tête, massés devant lui, quatre hommes, deux femmes et un chien guettent ses réactions...

–« J'veux qu'on rie, j'veux qu'on danse quand c'est qu'on m'mettra dans le trou », chante Gabriel.

– Faut pas nous en vouloir, implore madame Suzanne en se mouchant. C'était si émouvant.

– J'ai pas fini l'article, maugrée le Poulpe, pour la forme.

– T'apprendras rien de plus, avoue tristement le Gros. C'est la merde et, pour une fois, ils le reconnaissent.

Le Poulpe repose les pages sur la table voisine, avale posément son café froid, porte la main à sa poche.

– Non, dit Gérard devenu modeste, c'est pour moi.

Maria s'approche du Poulpe, figé dans sa surprise. Elle fourrage dans ses cheveux.

– Allez, Gabriel ! Je te connais : t'as bien un départ de début d'idée ?

– Ouais, répond le Poulpe, je sais déjà une chose...

Tous, humains et bête, pendus à ce qui va suivre, bavants, intimidés, chancelants... Mais Gabriel prend son temps. Il se lève, embrasse la douce Maria.

– Ouais, répète le Poulpe, je sais déjà une chose : je vais louer une voiture !

***

2 août 1995. Région d'Auxerre.

Angélina Dumoulin a de quoi être satisfaite : tous les habitants de Chichery-la-Ville ont tenu à lui exprimer leur solidarité. Monsieur le Maire, lui-même, ceint de son écharpe, l'a reçue en présence des conseillers municipaux pour lui remettre le montant de la collecte (mille huit cent cinquante-six francs) à laquelle avaient aussi participé les camarades de chantier.

La mort d'Albert lui aura au moins apporté ça : la considération générale, l'intégration, peut-elle penser parce que, aux yeux de tous, jusque-là, elle était restée l'Italienne...

Les mains dans la pâte qu'elle pétrit consciencieusement, sans pouvoir essuyer ses larmes, Angélina voit avec stupeur, par sa fenêtre ouverte, une somptueuse voiture rouge se ranger devant la maison. La curiosité l'emportant sur le chagrin, elle se penche au-dehors.

De l'automobile, s'extirpe péniblement un assez vieux monsieur qui s'avance vers elle sans hésiter.

Moustaches blanches, complet blanc de haute tenue, chapeau de paille blanc tenu au-dessus de la tête chenue, l'homme lui fait grand effet.

– Angélina Dumoulin ? chevrote-t-il.

– Elle-même... Je dois... Mamma mia... (elle montre ses mains.) Il faut me pardonner... La pizza ! Mais à qui ai-je l'honneur ?

Tandis qu'Angélina finit d'essorer ses mains au tablier, le vieil homme décline et son identité et l'objet de sa visite.

– Je suis Émile Desriez, le père de Jacques, mort sur la Côte d'Azur dans d'atroces et incompréhensibles circonstances, un peu comme feu votre mari... J'ai la chance d'être disons fortuné et j'ai décidé d'aller sur place pour tenter d'élucider ce sextuple mystère.

– C'est très courageux et généreux... Mais, vous voyez, monsieur, je ne sais rien et... (les larmes reviennent) j'ai peur que vous perdiez votre temps avec moi...

– Mon temps n'est plus à perdre. Je n'en fais plus rien. «Les vieux ne rêvent plus, leurs livres s'ensommeillent, leurs pianos sont fermés, le petit chat est mort ...»

– Un malheur n'arrive jamais seul, on le dit souvent... Un petit pastis ? Albert l'avait acheté à l'Hyperchampion de Maxime...

– En souvenir d'Albert alors... mais pourrais-je l'avoir en mauresque ?

– Nous aussi, nous le prenions toujours avec l'orgeat ! Et des croûtons tapenade, tarama... On se refusait rien, vous savez ! Il se passait pas grand-chose, rien que du bonheur...

Elle verse soigneusement l'orgeat sur le fond de pastis, ajoute un glaçon.

– Servez-vous l'eau à votre goût… Oui, tous les jours, la plage.

– La même chaque jour ?

– La même, près de la Cabane Bambou. Les hommes y allaient seuls le matin. Ils revenaient pour le déjeuner et, après la sieste, on y repartait tous.

– Et le soir ?

– On rentrait au camping vers six heures pour préparer… Elle s'arrête, brisée par l'émotion.

– Tutti insieme ?

– Ah ? Vous parlez l'italien ? Oui, ensemble tous… Tous sauf Albert.

– Sauf Albert ?

– Lui, il aimait tellement la nature, le soleil couchant. Il restait quelques minutes de plus, seul, à prendre un dernier bain, à attendre que les cigales aient fini de chanter.

Elle ne contrôle plus son chagrin.

– La Cabane Bambou, c'est quoi exactement ?

– Une plage sur Pampelonne, vers Bonne Terrasse. Nous nous mettions à côté, pas loin de la buvette. C'est un peu naturiste par là… Albert était si beau…

– Pardonnez-moi d'avoir ravivé ces souvenirs. (Il se lève.) Le dosage orgeat pastis était parfait. Et l'eau fraîche à point.

Il se penche, lui baise la main.

– Ah ! Ah ! s'exclame le vieillard, de l'origan dans la pizza ! Le fin du fin…

Rougissante, elle cache ses mains sous le tablier.

– Si j'osais…

– Hélas ! Je n'ai plus le temps…

Il s'incline, va vers la porte.

– Vous me direz pour l'enquête ? Mais à moi seule parce que mes fils, j'aurais trop peur qu'ils cherchent à venger leur père…

– Lo giuro sulla Madonna…

* * *

Quelques heures plus tard. Sur l'autoroute.

La Lancia file raisonnablement ses cent cinquante à l'heure. Au volant, le visage hachuré par les rayons de soleil que filtrent régulièrement les grands arbres de la route, un homme heureux chante à tue-tête : «Quand on n'a que l'amour à s'offrir en partage…». Gabriel Lecouvreur a recouvré son apparence ordinaire de mec sain, dans la force du bagage…

À ses côtés, la fille est blonde. Lunettes noires, mini-short kaki. Lolita sans sucette… pour l'instant. Un petit nœud rose dans les cheveux.

– Atchoum !

– À vos souliers ! lance la fille sans perdre son sérieux.

Il l'avait chargée après Valence sur une aire de repos où il s'était arrêté pour faire peau jeune dans les toilettes de la brasserie.

L'ayant vu entrer puis le voyant ressortir, elle avait éclaté de rire.

– Vous faites dans quoi ? Les R.G. ?

– Les Regards Gaulois ? Ça s'peut…

– J'te lâche plus, toi… Et j'espère que tu vas sur la Côte, ajouta-t-elle, en casant son sac à dos vers l'arrière.

Deux kilomètres plus loin :

– Vous permettez ?

Elle avait fait sauter les quatre grammes de tissu tendus en soutien-gorge, libérant ainsi, plutôt poires que pommes, deux fruits pulpeux, délicats jusques aux bouts rendus grumeleux par l'air du grand large. Têtu pour l'occasion, le Poulpe rongeait son frein en se concentrant sur la route.

Des fourmis, il en avait partout. Elles lui avaient déjà becqueté les mains. Ensuite, elles s'étaient attaquées aux ventricules après avoir grignoté un peu d'estomac, bien dans le creux, à droite du plexus…

De temps à autre, des voitures se payaient une ou deux embardées en arrivant à hauteur de la Lancia. Coups de freins, sifflets, cris de coq, klaxons, rien n'effrayait cet allume-cigares, figure de proue déceinturée pour donner libre cours à un doux ballottement. Elle n'en avait rien à cirer de ces hommages à l'emporte-liesse, c'était on ne peut plus clair !

Peu à peu, le Poulpe avait senti se dissiper en lui tous les principes de l'amour courtois enseignés par Cheryl. Une seule information lui parvenait de son cerveau avec un bip d'enfer genre Loopy the loop !

Et son esprit s'était mis à vagabonder…

À l'arrêt-pipi, la fille supplierait que l'on se reposât quelque peu à l'ombre d'un sous-bois…

L'aire serait accueillante et disposerait de charmants petits recoins à l'abri des regards…

– Mets-toi là, ordonnerait-elle d'une voix subitement sèche, autoritaire. Et raconte-moi tout. J'adore les histoires de brigands. C'est quoi, ton complot ?

– Impossible ! Je suis tenu par le secret…

– Et sous la torture ?

– Sous la torture ? Heu… Jamais essayé…

Elle se pencherait vers lui, passerait la main sous le tee-shirt, caressant partout où elle pourrait avoir accès.

– Mais c'est tout chaud, ça palpite… Y aurait-il un cœur là-dessous ?

Le ceinturon claquerait du bec, tomberait dans les pommes. Les boutons du jean sauteraient d'eux-mêmes sous la poussée. Se rapprochant, la fille donnerait quelques coups de langue dans l'oreille de Gabriel qui entendrait des cantiques… La bouche serait investie à son tour et, pendant ce temps qu'elle n'aurait pas perdu, la main œuvrerait dans le double débrayage…

Le Poulpe halèterait. Il serait même sur le point d'allaiter.

– Bon ! Tu parles ou je continue ?

Un rire épanoui le délivrerait, suivi d'un vrai bon gros fou rire.

– Tu es le premier type que je rencontre, s'étonnerait-elle, subjuguée, qui peut rire comme ça sans débander.

Sans doute sous le coup de cette admiration singulière, elle se retrouverait nue, chevauchante et intrépide, inventant on ne sait trop quelle danse afro-cubaine. Pourtant largement doté, le Poulpe n'aurait plus assez de mains ni de jambes pour profiter au mieux de l'assaut.

– Ouvre la bouche, intimerait la fille.

Obéissant à l'ordre, il recevrait dans l'arrière-gorge une giclée de gaz hilarant, se marrerait à s'en décrocher la luette, perdrait conscience non sans avoir enregistré que la fille s'était emparée avant de partir de son portefeuille et de l'arme planquée sous le siège avant...

– Eh là ! Vous vous endormez ! Je tiens à la vie, moi ! Arrêtez-vous à la prochaine aire, ça nous fera du bien à tous les deux.

– Mince de tranche ! s'ébroue le Poulpe en clignotant sur la droite, sans vous, je me payais la rambarde !

L'aire de Vidauban est accueillante, conforme en quelque sorte... La fille, pipi fait, revient dans un sourire.

– Vous me laissez là.

– Mais...

– Non, non, vraiment... J'aime bien changer de monture...

– Pardon ?

– Oh ! C'est juste une façon de parler...

Discrètement, Gabriel s'assure que portefeuille et arme sont dans leurs marques. Oui.

– Moi, c'est Aristide...

Il lui tend une main qu'elle ignore pour faire le tour de la Lancia et déposer un tendre bécot sur les lèvres du Poulpe.

– Et moi, Marilyn... (Allons bon !) Je vous avais aperçu vers Châlons. Une décapotable rouge conduite à tombeau ouvert par un vieillard distingué, ça se remarque, surtout quand on s'emmerde à tout va comme moi... Mais finalement, vous êtes très mimi, courtois et tout, pas dangereux pour un sou... Chapeau, le self-control ! Un peu déconcertant mais bon, ça rassure sur le genre humain... Bonne chevauchée, Aristide !

Les naseaux encore fumants, le slip diversement imprégné, Gabriel franchit le péage de Le Muy en se dédiant les qualificatifs les plus imagés que lui autorise son vocabulaire.

Il est dix-neuf heures. Le soleil pâlit et déjà les senteurs abondent : les herbes de Provence ouvrent leur âme pour restituer la chaleur emmagasinée.

Les panneaux sont formels : la route est dangereuse. Le Poulpe se calme, passe la quatrième, lève le pied et profite du paysage pour rire (encore !) des embardées de son imaginaire...

– Mais qu'est-ce qu'il a ce con à me serrer comme ça ! Passe, bonhomme... Double ou fais pas chier ! Et voilà, se reproche-t-il, dès qu'un homme est au volant ; il agonit, c'est automatique...

Derrière, la BMW décapotée semble avoir reçu le message : elle musarde, elle aussi. Peut-être le con a-t-il compris qu'il vaut mieux rouler en souplesse dans une voiture surpuissante que faire grincer les vitesses d'une chignole poussive prise de folie des grandeurs.

En haut du col, apparaît la mer, lointaine, rosie dans le soleil couchant.

La BMW a comme un grognement sévère.

– Y'a pas, je le dérange ! Il va pas me brouter en plein virage, le con !

Si ! En plein virage ! En serrant au max, avec queue de poisson et, en prime genre cadeau d'adieu, une grenade dégoupillée lancée au passage.

La grenade roule sur le siège arrière, atterrit en vrillant comme un chien qui cherche sa place pour dormir : engin de mort mais aussi fruit métallique, strié en rectangles, dont on aurait ôté les graines charnues pour l'emplir jusqu'à la bourre de tolite T, dérivé nitré du toluène…

Sans freiner, Gabriel se saisit à temps, et de la main droite, du projectile qu'il envoie valdinguer sur la route, le plus loin possible de la forêt.

Ce geste lui est fatal quand même. Ébranlée par l'explosion, la belle voiture rouge avale, cahotante, effondrements et tertres, dans un fracas révélateur. Quelques secondes de grand huit entre la vie et la mort.

Le Poulpe perd conscience. Vraiment.

3 – Là-bas, fouille-merde

7 août 1995.
Au Pied de Porc à la Sainte-Scolasse.

Cheryl ajuste ses lunettes et commence la lecture : *« Ma chère île,…*

– Regardez comment il a écrit ça…

– Il est sauvé, s'écrie madame Suzanne.

– On n'interrompt pas, grogne le Gros.

– *« Ma chère île,* reprend Cheryl en s'adressant aux habitués qui ont pris sur l'heure du déjeuner pour venir aux nouvelles, *faudra que tu te rencardes pour l'assurance parce que, si je suis encore entier et au complet selon les affirmations de la très vieille et très laide infirmière, la voiture, elle, est à la morgue...* »

Cheryl s'arrête un instant, réfléchit un quart de seconde, l'œil vague...

– Très vieille et très laide ? Il ment, je suis sûre qu'il ment, glapit la môme vert-de-rage.

***

Petit retour en arrière. 5 août.
Clinique de l'Oasis. Saint-Tropez.

Marie, l'infirmière, pénètre dans la chambre. Condensé de Marilyn, Vanessa et Brigitte, elle affiche une trentaine à l'impertinence justifiée par de très beaux seins et une démarche de danseuse...

Sous sa coiffe, on peut deviner une massive chevelure brune retenue par un joli nœud rose.

– Atchoum !

– Vous n'allez pas me faire croire que vous avez pris froid, plaisante Marie, en épongeant le front de son patient. Faut que je vous masse la colonne.

– Faites comme chez vous, réplique Gabriel, sur le dos, avec une furieuse envie de balbutier « arrheu, arrheu... ».

– Pas celle-là, espèce de libidineux ! La vertébrale. Tournez-vous !

Marie rit, découvrant une rangée de dents blanches aux petits oignons l'haleine en moins. Elle officie dans le plus grand sérieux.

– Vous allez avoir de la visite, dit-elle, mystérieuse.

– Encore !

– Je ne pense pas que vous répéteriez ça en face de la dame…

– Bof ! Des dames, y en a même chez les flics !

– Sybèle Morhange, ça vous dit ?

– Antinéant, répond benoîtement le Poulpe.

– Cultivé en plus, se marre Marie. Sybèle est liée à Alix de Saint-Ouen. Là, Je raconte pas…

– Attendez… L'affaire Ludovic Pétard ? Ce gus qui s'est noyé dans un verre d'eau au pied d'une carrière ? Qu'est-ce que j'ai à voir avec ces gens-là ?

– Elle vous le dira peut-être. D'après les cancans, Sybèle et Alix, vous me comprenez ?

– Quel monde ! s'indigne faussement le Poulpe.

– En tout cas, Pétard et elle étaient ensemble sur plusieurs coups.

– Partouzes ?

– Commandites.

– Commandites… vous ?

***

Cheryl poursuit sa lecture en plissant les yeux.

– Il écrit mal, ce cochon ! Ah… *« Les flics n'ont pas insisté. Je leur ai fait le coup de l'amnésique. Une grenade qui a explosé ? Où ça ? J'aurais entendu tout de même ! Une voiture qui m'aurait taquiné ? Billevesées : s'il y avait eu une voiture, je me serais pas assoupi au volant. Et patin couffin, comme on dit par ici… Pour l'heure, ils gobent sans faire mouche. N'empêche qu'on a voulu ma peau. Et pour savoir qui... J'ai reçu la visite de Alix de Saint-Ouen, la nénette à Pétard, deuxième victime. Ivre morte dès le matin, prétextant sa douleur... Elle m'a conseillé la prudence. Elle présume que tous ces morts ont un sens, et un sens commun. Je te l'écris comme elle me l'a dit, sauf qu'elle n'arrêtait pas de faire des sourires à Marie. Marie, c'est l'infirmière...* Vieille et laide, nous y voilà... *Bref, elle m'a proposé un contrat. Ensuite, ça a été le tour de Sybèle Morhange, ex-associée de Pétard. Belle femme classieuse mais froide comme un panier de couleuvres. Les ennemis de mes amis sont mes ennemis, m'a-t-elle assuré. Cinquante bâtons plus les frais. Une villa à ma disposition... Je vais pas accepter. Tout ça sent la bourge, la pouffe et la crapote. Pourquoi donc irais-je me mouiller là-dedans ? Je suis pas Lemmy Caution. Non, ma poule, cette vie dorée en surface ne ferait pas mon affaire. Tu me manques de plus en plus... Tellement que...»* Là, je saute, dit Cheryl rougissante, ça devient intime.

– Dommage, insinue Suzanne, en plein suspense.

– Justement, plaisante Cheryl, laconique.

– C'est toujours la même barrique, s'insurge Gérard, il la ramène, il la ramène et puis quoi, pour un petit attentat de rien du tout, il parle de revenir dans les jupes de sa...

– Oh là ! interrompt Cheryl, j'ai à peine trois ans de moins que lui, du moins à l'État civil ! Ne t'impatiente pas, Gérard. La bafouille n'est pas finie... Il va peut-être changer d'avis...

* * *

Clinique de l'Oasis à Saint-Tropez.
Suite du retour en arrière.

– Cent mille balles plus les frais, tranche la Morhange. Je vous fais loger chez un ami cinéaste absent pour trois mois, un film à Cuba... La maison est très agréable, à dix minutes à pied de chez moi... Voiture et chauffeur à votre disposition... Dites-moi oui !

– Je regrette, madame. Votre regard et votre personne tout entière respirent et inspirent la franchise, l'authenticité, la classe.

– Stop ! Monsieur Lecouvreur, vous pouvez rengainer votre patronyme, je ne couche pas.

– Moi, si ! Mais je choisis. Et je tiens à mes vacances en solitaire.

Sybèle Morhange se détend.

– Bon ! J'ai été maladroite... Je sais pertinemment qu'Alix est venue vous rendre visite. Je me moque de ce qu'elle a pu vous proposer... On vous dira, on vous a sans doute déjà dit, que nous avons eu des relations sexuelles, Alix et moi. Il est vrai qu'elle le désirait... Mais si elle a fait courir ce bruit, c'est pour détourner les ragots...

– Vous étiez la maîtresse de Ludovic ?

– Vous comprenez vite... C'est certainement en venant chez moi qu'il s'est fait... Écoutez, je n'ai besoin que d'une chose : savoir si cet *accident* concerne nos affaires ou notre vie privée... Seulement ça.

– Sagan écrit très bien des intrigues de ce genre. Ça ne fait pas partie de mes livres de chevet.

– On peut savoir ?

– L'œuvre intégrale de Jacques Brel. Vous connaissez : «La pendule au salon qui dit oui qui dit non et puis qui nous attend…».

– Je ne vois pas l'intérêt de cette digression.

– Moi non plus ! Je vous ai dit non. Dois-je vous le chanter ?

***

Gérard fait signe à Cheryl de continuer.

– *« On m'a enlevé mes pansements ce matin mais je devrai garder la minerve jusqu'à demain soir, veille de ma libération. Paraît que je n'aurai pas de cicatrices. Toi qui fantasmes sur la Légion ! J'essaierai de sentir le sable chaud... Faut quand même pas manquer d'air pour me balancer une grenade avant la nuit ! Qui ? Qui pouvait connaître mes intentions ? Qui pouvait prévoir que j'allais jouer les fouille-merde ? Angélina Dumoulin ? Dans quel intérêt ? La petite auto-stoppeuse ? Oui, je t'ai pas dit parce qu'il y avait rien à dire... J'ai ramassé cette nana dans une aire de repos en faisant de l'essence. Elle m'a presque traité de vieux con simplement parce que j'y ai pas... Tu vois, ça sert à rien de se priver ! Elle m'a largué après Aix-en-Provence, vers Vidauban... »*

– Moi, coupe Gérard, je vois très bien le bizness. C'est sûrement des mecs organisés. Alors, ils ont mis sous surveillance les parents des défunts. Quand le Poulpe, il s'est pointé chez la veuve Dumoulin, ils lui ont fait filer le train, c'est tout bon !

– Ben mon colon ! s'exclame le vieux James qui vient de surgir. Ça, c'est de la déduction !

– Mais il veut jamais parler avec moi, Gabriel ! À nous deux, on casserait la baraque. Lui, il démarre à l'instinct. Moi, c'est la gamberge. J'opère dans le bon sens…

– Ah ! Elle est amusante, celle-là, intervient Suzanne. Je vais la noter. Alors, Cheryl, et après ?

– Après ? Oh rien ! Il dit qu'il est fatigué, que les côtes lui font encore un peu mal et qu'il m'appellera au salon pour me dire quand il arrive…

– Mais alors il décroche ? Il a pas changé d'avis, tu vois bien ! explose le Gros. Ah ! Si y'avait pas le bistrot…

– Je t'empêche pas d'y aller, lance Maria, avec le monde qu'il y a ici, je serai pas débordée.

– Me pousse pas, Maria ! Je lui apprendrais, moi… On lui dit rien, je prends l'avion jusqu'à Nice, je loue une voiture…

– Rêve toujours, mon Gros ! Avec quoi tu vas te les payer, ces vacances organisées ?

– Je me disais bien qu'il y avait un os quelque part…

Tout le monde rit de bon cœur. Sauf Cheryl qui a la tête ailleurs. Du côté de la Côte sans doute… D'autant qu'elle a menti, Cheryl, la lettre, elle ne finissait pas de cette manière…

***

Suite et fin du retour en arrière.

Aux fenêtres de la clinique, le ciel vire au bleu sombre.

– J'éteins, dit Marie, l'infirmière. Soyez sage et n'appelez pas toutes les quatre minutes sous prétexte que je suis de garde !

– Si vous restiez à mes côtés, j'aurais pas besoin de vous sonner.

– Même si je le pouvais, même si je le voulais, faudrait encore accepter qu'on vous attache les bras au montant du lit !

– Mais évidemment que j'accepterais ! Ô divin marquis, une de tes adeptes…

– Bon ennui, conclut Marie en riant.

Elle coupe la lumière, referme la porte.

Un léger bruissement qui s'éloigne et plus rien. Rien d'autre que les essoufflements rauques du voisin de chambre à qui on a enlevé la prostate et qui n'est pas sûr de passer la nuit, enfin qui risque de passer cette nuit.

Le Poulpe soupire. « Bon ennui » ne l'a pas fait rire. Il tente de mettre de l'ordre dans ses idées. Mais elles se débinent ses idées, elles flottent dans une sorte de brume de plus en plus épaisse… Le plafond descend vers lui, tangue…

Ses méninges hésitent entre la crispation et la débandade comme les intestins d'un vieux colonial coliteux. Ses yeux papillotent. Il perd le contrôle.

Putain ! croit-il hurler, *on m'a drogué... On m'a drogué !*

Il tend la main vers la sonnette de nuit qui se met à prendre du champ, se barre à l'autre bout de la pièce… Le trou noir, voilà ce qu'il faut éviter… Sa conscience lutte, lutte, essaie de profiter du plus petit bruit, de la plus faible odeur, de la moindre sensation pour garder le contact avec la vie… Il se persuade qu'il est en danger, qu'il doit se lever, quitter sa chambre au plus vite… Le néant l'aspire, l'engloutit…

Une douleur le réveille : ses côtes… Quelqu'un le touche, le remue… Un petit air frais lui balaye les couilles : le drap a été tiré. Des mains parcourent ses cuisses, montent vers le sexe…

– Marie, parvient-il à articuler.

– Votre mari, je le serai jamais, faudra vous y faire, lui chuchote-t-on à l'oreille, et si vous m'aidez pas à vous sortir de ce lit, vous n'aurez plus jamais de femme non plus !

– On m'a drogué…

– J'avais compris, s'impatiente la voix, faites un effort !

Le Poulpe est «bien tard» rhabillé, bras ballants, aux trois quarts appuyé sur son sauveur providentiel… et potentiel.

– Ah non ! Les drogues, j'en ai soupé !

– Écoutez-moi, je suis votre seule chance.

On lui fait avaler la pilule avec un verre d'eau fraîche, dans le silence. Ses muscles tressaillent bientôt. Il sent à nouveau le sol sous ses pieds. L'obscurité redevient pénombre. Le vieux reprend ses rauqueries…

– Vous pouvez me comprendre ?

Le Poulpe acquiesce du chef. Pourquoi opinerait-on toujours ?

– Je suis un ami de Pedro. Vous voyez qui c'est ?

– Évidemment ! Le carreleur…

– Vous me connaissez aussi : la Seyne-sur-Mer, il y a un an…

– Sanméo ? Mais qu'est-ce que…

– Je vous expliquerai plus tard. Il faut se tirer avant qu'ils rappliquent.

– C'est quoi, « ils » ?

– Connais pas… J'ai vu la voiture, une BMW, tous feux éteints. J'ai pas cherché à en savoir plus…

– Une BMW, vous dites ? Et les mecs, ils vont venir ici, dans cette chambre ?

– Je m'assassine à vous le dire !

– Navré, mon vieux, on reste ! Moi, je tiens à savoir à quoi ils ressemblent.

– Au moins, vous récupérez vite, vous.

– Vous êtes armé ?

– Oui. Vous aussi. Pedro l'a prévu.

– Les chiottes… Vous voyez les chiottes ? On les a pas changées d'endroit ?

– Non, se marre Sanméo, mais ils vont y penser…

– Ils y penseront sûrement trop tard !

Ils ont à peine disparu en prenant soin de laisser la porte des W.C. entrebâillée que trois silhouettes se dessinent dans le contre-jour du couloir. Trois gaillards en cagoules blanches.

– Mince de tranche ! s'étonne le Poulpe. Mais c'est l'Alabama !

– Votre gueule !

Après avoir vérifié que le premier lit était bien déserté, les simili KKK s'en prennent au deuxième où croupit le prostataire de service, arrachent ses draps.

– Essesé ? marmonne le mourant, évasif, en tout cas dans les vapes. Légère hésitation chez les cagouleux, hésitation qu'utilisent Sanméo et le Poulpe sans s'être concertés. Têtes en avant, ils giclent des cabinets.

Le Poulpe le premier, plus fragile a priori. Il percute au plexus le K se trouvant à sa portée, profite de ce qu'il se plie en deux pour le gratifier d'un uppercut assassin.

Pendant ce temps, Sanméo balance, en passant, une manchette pomme d'Adam au deuxième K qui s'écroule avec grâce sur l'ex-lit du Poulpe. Un coup de crosse y légitime sa présence.

Le troisième K, débordé, est pris en sandwich : un atémi fignolé par Sanméo le rabat sur Gabriel qui le cueille, un deux, coude dans l'estomac suivi de l'assommoir à deux poings. Docile, l'homme répond chaque fois par un « han » approximatif.

– Vite ! Le vieux appelle à la garde !

Sanméo veut entraîner le Poulpe vers la fenêtre. Gabriel résiste. Il soulève la cagoule de son remplaçant, entraperçoit des moustaches blanches et des sourcils noirs. Sanméo le tire par le bras.

– Mais je le connais ! C'est ce mec qui m'a fait cadeau d'une grenade. On va pas laisser Marie dans les mains de ces sbires ?

– Marie ! Et qui c'est-y qui vous a drogué d'après vous ? Laissez-la dans sa merde…

– Eh ! Mais, rassurez-moi, le vieux là, c'est un vrai malade ?

– Dépêchez-vous, bon Dieu !

Le Poulpe se palpe, constate qu'il a tout, enfin l'essentiel, dans ses poches, et enjambe la fenêtre avec un soupçon de regret. Dans la cour de la clinique qu'il traverse comme un cheval au galop c'est-à-dire à la vitesse de la marée au Mont Saint-Michel, le Poulpe tend vainement l'oreille, braque vainement ses yeux : le silence et la lumière habitent seuls son ancienne prison.

Sanméo a garé une caravane dans la forêt de Vidauban. *Là, on sera tranquilles.* Il a sorti une table pliante, deux chaises de metteur en scène et des bières glacées. Les grillons alentour remercient Dieu de cette bonne et chaude journée. Leurs cantiques ajoutent à la grandeur du moment et à la beauté du paysage.

– Je l'ai amenée pour vous, précise Sanméo en désignant la caravane. Une idée de Pedro. Il pense que vous serez plus à l'aise pour circuler dans la région anonymement.

– Pouvez la remettre au garage. Je rentre à Paris.

– Non, dit l'autre avec un sang-froid, somme toute, exaspérant.

– OUI !!!

– Non. D'ailleurs quand vous saurez pourquoi je suis là, vous ne penserez plus à partir. Ou alors, Pedro serait très déçu. Les journaux ont parlé de six morts ?

– Six, si.

– Eh bien, il y en a eu un septième.

– Depuis ?

– Non. Entre l'acteur et le pépiniériste. Personne l'a su. Celui-là, il a réussi à s'enfuir. Je l'ai trouvé devant ma porte, agonisant.

– Pourquoi chez vous ?

– C'est un cousin à Pedro. Avant de mourir, il m'a murmuré deux ou trois choses, des bribes… On a décidé de pas prévenir les flics. Officiellement, il est mort d'une crise cardiaque. Pedro a filé du blé au toubib.

– Mais pourquoi le cacher ?

– Pour les enfants, pour sa femme…

– Les bribes, vous vous en souvenez ?

– Il délirait : un jeune mec, un regard bleu…

– Qui peut l'avoir flingué selon vous ?

– Y'a un malaise par ici depuis quelque temps…

– J'avais remarqué, merci !

– J'aime pas parler de ces choses… Esteban, c'était le cousin à Pedro, il aimait bien sa famille mais ça lui suffisait pas. Il avait besoin ou envie d'autre chose…

– De petits mecs aux yeux bleus…

– Voilà.

– C'est pas le premier…

– Ouais, je sais… Je sais bien. Chez nous, c'est pas bien admis. Alors, il s'est fait engager comme plagiste. De cette façon, il pouvait draguer en loucedé.

– Plagiste ? Où ça ?

– À la Cabane Bambou.

– Ça change tout, décrète le Poulpe. Pouvez dire à Pedro que je reste. Mais, pour ce qui est de la caravane, j'aurai une autre solution sous peu. Où est-ce qu'on peut vous joindre ? Au même endroit ?

4 – Les ans quêtent

Lorsque le Poulpe s'éveille, le soleil est haut. Abruti de fatigue, mais plutôt bien dans sa peau, il revient à la vie sans rien reconnaître autour de lui.

Il était arrivé à sept heures sur un vélo trouvé à l'arrière de la caravane. «La plage était déserte et dormait sous juillet...» En ce mercredi 9 août, elle n'était pas plus fréquentée...

Le vent d'est poussait vers la terre de larges séries de vagues méchantes qui s'échouaient loin sur le sable, laissant après elles une écume blanchâtre comme bave d'escargot.

Négligeant les présages du cru : «vent d'est amène la pluie et ramène les méduses», Gabriel s'était lancé au large en dos crawlé pour pactiser avec les myriades d'algues déchiquetées, les branches de pin en provenance de Camarat, les poubelles des bateaux, les petites boules agglomérées ressemblant à de l'étoupe, quelques plumes arrachées aux mouettes et le sable en suspension.

Ses grands bras frappaient l'eau à la recherche d'une cadence régulière, entraînant le corps encore meurtri que malmenait la houle, tantôt haut, tantôt bas, dans la fureur de ses tourbillons.

Au-delà des bouées, la balançoire était moins sévère. Le Poulpe put se laisser porter par l'eau, planche parfaite, reprendre sa respiration, le regard rivé sur les nuages de bure martyrisés par le vent. Ici comme là, régnait le même acharnement. Une heure plus tard, il asablissait sans que le «flot qui l'amena recule épouvanté». Et il s'endormait aussitôt.

Maintenant la plage publique est assaillie, surtout au bord de la mer. Nudistes et textiles se côtoient en toute convivialité. Les timides, ou les rusés, restent en retrait pour évaluer leurs chances : c'est le jour qu'il faut préparer sa nuit…

Si les parasols de la Cabane Bambou sont dépliés dans l'attente du client, le snack Bambou, lui, s'obstine dans une méprisante fermeture. Entre les deux, trône une chaise surélevée façon Wimbledon, où siégera plus tard un maître-nageur chargé des sit-surfs, des planches à voile et des pédalos mis en location.

Le Poulpe ne se lève pas tout de suite : les caresses des rayons, les embruns si toniques en période de tempête et peut-être quelque rêve coquin ont opéré en lui une transformation physiologique qui le contraint à demeurer sur le ventre. Pour attendre que le triomphe baisse sa garde, avec les désagréments sableux que cause ce genre d'avatar, il se rendort sagement.

À son deuxième réveil, il peut enfiler son calebar. D'ailleurs, le snack Bambou, qui sert aussi de buvette, a ouvert son étal derrière les tables sous parasols médiatisés, en direction des baigneurs de la plage publique, tournant hypocritement le dos à sa sœur, la Cabane.

Le cousin de Pedro, Esteban, s'appelait Calvez, et, d'après Sanméo, sa femme, Pilar, avait obtenu de travailler à la buvette.

Le Poulpe la reconnaît tout de suite : une petite rondouillarde sans trop, brune et vive, déployant une énergie harassante pour qui la regarde, prompte à satisfaire la clientèle et à l'essorer du même coup.

Gabriel s'assoit. Deux ou trois fois, le regard de Pilar se pose sur lui, vaguement intrigué. Puis elle se décide. Un coup de torchon sur la table, l'œil direct, sans le secours des mots…

– Une bière s'il vous plaît.

– Vous ne voulez pas manger ?

– Non. Seulement causer…

– Ni le moment, ni l'endroit. Et ça risque d'être inutile. Je veux dire au-dessus de mes moyens.

Elle a baissé la voix.

– Je suis un ami de Pedro.

– Ça ne change rien.

Elle chaloupe à travers les tables, revient assez vite avec la bière, tend la main.

– Dix-huit francs.

Le Poulpe dépose deux pièces de dix francs mais retient la main.

– Pilar, n'est-ce pas ?

– Si vous connaissez Pedro, vous devez le savoir, répond la femme, très lasse.

– Pilar, je ne partirai pas avant que vous m'ayez parlé.

– Bon ! (Elle soupire.) Vers quinze heures. Au parking derrière.

* * *

Le large n'a plus la cote.

Les baigneurs, pusillanimes, s'ébattent dans les premières vagues. Le Poulpe, en revanche, à l'aise dans l'eau par définition, n'a pas hésité : il a gagné les lointains alliant la ruse à la puissance pour se mesurer aux flots taquins.

Le temps qui passe n'entame pas la vigueur du vent. Ce combat amuse le Poulpe et l'absorbe à tel point que ses antennes ont perdu leur fiabilité. C'est ainsi qu'il ne voit qu'au dernier moment un scooter des mers foncer sur lui, fendant l'eau à vitesse déraisonnable.

Il plonge sur le côté sans pouvoir éviter un petit choc sur sa jambe droite. La blessure est aussitôt mordue par le sel. Le Poulpe bat des pieds, descend jusqu'au sable, tente d'apercevoir le scooter par en dessous, au travers de cette soupe de déchets. Une soupe sans poissons…

À bout de souffle, il remonte. Le scooter vire de bord, se rapproche. Personne sur la plage ne peut se douter de ce qui se passe si loin, avec une si mauvaise visibilité.

Le Poulpe n'a de salut que dans les profondeurs. La machine, elle, ne peut compter que sur la patience et la promptitude.

Une île, se chante Gabriel, pour puiser un peu de courage chez Brel, tout en se reprochant d'avoir dépassé l'espace réservé aux baigneurs, *une île au large de l'espoir, où les hommes n'auraient pas peur et douce et calme comme un miroir, une île comme un matin de Pâques, offrant l'océane langueur d'une sirène à chaque vague…*

Le Poulpe jaillit de l'eau, véritable ludion. Il aspire une grande goulée d'air et de mer ensablée, rejette l'eau salée tant que faire se peut, et replonge avant que le scooter ait pu le percuter.

Il a tout de même eu le temps de distinguer, aux commandes de la machine, au-dessus des lunettes noires du conducteur, des sourcils encore plus noirs et, en dessous, des moustaches blanches constellées de gouttelettes scintillantes.

Mêmes couleurs que le mec à la clinique de l'Oasis. Et que celui de la grenade, le jour de son arrivée. Il sent pousser en lui le syndrome de la chèvre de monsieur Seguin, tarabusté jusqu'à l'absurde. Il lui semble totalement imbécile de mourir là, à une cinquantaine de mètres de la vie civilisée, déchiqueté par les pales de l'engin.

À chaque plongée, il se rapproche un peu plus de la bouée tandis que le scooter tente, par de savants retournements, de l'en écarter. Le Poulpe sent que l'asphyxie le guette. Ses forces se carapatent. Ses poumons s'emplissent d'eau salée. Son cerveau, en pleine électrolyse, perd ses repères.

Il se concentre sur un seul objectif : la bouée. Au risque de perdre totalement conscience, il s'acharne au fond de l'eau et parvient enfin à empoigner le bas de la chaîne. Il repart vers la surface, côté surveillé. Lorsqu'il émerge pour se ressourcer, le scooter charge comme un sanglier. Le Poulpe coule, agitant ses longs membres au petit malheur, s'enroulant maladroitement à la chaîne de la bouée que l'engin vient d'emboutir et de faire exploser.

Des coups de sifflets parviennent à Gabriel comme dans un songe. Le plagiste de la Cabane Bambou a enfin réagi. Le Poulpe émerge en planche, les poumons au bord des lèvres, meurtri en surface, saccagé dans son «fort» intérieur, soufflant, crachant, tandis que le scooter découragé prend du champ.

C'est le moment que choisit une vague perverse pour le projeter contre les morceaux de bouée. Il ne peut retenir un cri, ferme ses paupières en s'agrippant à la chaîne de toutes les forces qui lui restent. Les yeux brûlés par le sel, il s'efforce au calme…

Le vent du large rafraîchit ses tempes. Il grelotte de peur rétrospective, de froid et de fatigue. Lorsque le Poulpe peut y voir à nouveau, le paysage qui s'offre à lui le sidère : réfractée par une mer capricieuse, sirène à chaque vague, océane que possible, la fausse ou la vraie Marilyn de l'aire de repos…

– Eh bien, dit la fille, vous n'avez pas l'air brillant, Aristide !

Méprisant l'allusion politique, le Poulpe se veut cinglant.

– On m'avait bien dit que le vent d'est ramenait les méduses…

– Que si l'on s'en sert, réplique le petit démon, nu comme un bébé qu'on va langer. Bébé peut-être mais avec des seins et des fesses partout, prêt à se donner corps et flammes.

Gabriel entre en lui-même : *courtois, je sais,* susurre-t-il à son archange gardien. *Mais, par pitié, éloigne de moi ce mirage. Je suis dans la merde, pas sur le sable.*

– Aristide, avec votre permission, j'aimerais vous rendre la pareille…

– La pareille à laquelle, tente d'ironiser le Poulpe.

Aïe, Aïe, Aïe, l'archange !

– Ça ira comme ça, merci bien !

– Oui, ça va même très bien à ce que j'entrevois... Je sais que l'eau a des propriétés grossissantes mais vous n'allez jamais pouvoir vous montrer dans cet état sur la plage. À moins d'attacher une écharpe à la *chose* pour faire croire que vous rentrez à la voile...

Avant que le Poulpe n'ait trouvé une réponse à la hauteur, la sirène plonge et s'arroge le droit de faire baisser les couleurs. Le seul membre encore chaud de Gabriel est absorbé, langue-trituré, mordillé, désalgué. Toujours accroché à son quart de bouée, il sent s'écouler sa semence, redoutant que quelque vicieux poisson ne pense à remonter jusqu'à la source laiteuse. Marilyn resurgit, essoufflée quand même, mais rieuse.

– Rigolo, non ? précise-t-elle en effet.

– C'est ça qu'on appelle l'apnée juvénile ?

– T'es encore plus marrant qu'à Vidauban, et surtout plus coopératif.

Vidauban ! Mince de tranche ! Rossi : Vidauban. La caravane de Sanméo : Vidauban... Trop de hasards égale absence de hasards ! Mais l'heure est au repos. Plus tard, les comptes. Plus tard, les sous-totaux... Calmé, Gabriel entame une brasse coulée en direction de la côte.

– Et quoi de neuf dans la région ? demande le Poulpe qui a retrouvé souffle et humour.

– Ben, à part que tu as failli être fait-diversifié, je vois pas grand-chose, pourquoi il en avait après toi, le gros con au scooter ?

– Ah ! Parce que vous avez cru que. Non, il a simplement perdu le contrôle de son engin. Une algue un peu trop grosse sans doute.

– Une algue ! Tu m'as l'air d'une algue, tiens ! Tu me fais vraiment rire. (Elle s'y emploie.) Ça te dirait qu'on se revoie ? Moi, les hors-d'œuvre, ça me met même pas en appétit.

– On peut rien contre son destin, ma belle !

– Ce soir alors ? Vers vingt et une heures, à la caravane ?

– La caravane ?

– Joue pas les débiles. Je t'ai vu sortir avec ton vélo juste devant mon camping. Je me suis dit : «mais c'est mon vieil ami Aristide qui crèche dans ce Pullman». Mince de coïncidence !

– Coïncidence macabre…

– Ouaf ouaf ! Tu vaux mieux que ça… Alors, c'est O.K. ? J'imiterai trois fois le cri du hibou et tu feras choir la bobinette… Si t'es pas là, je te retrouverai. J'ai bien su aujourd'hui…

***

Le parking de la Cabane Bambou permet aux voitures de s'abriter sous des canisses. Tout autour, on a replanté des pins.

Les lauriers-roses de la propriété voisine embaument : c'est l'heure chaude. Pilar Calvez est ponctuelle mais silencieuse. Elle entraîne le Poulpe vers une sente ombragée qui semble se perdre dans une nature sauvage, peuplée de ronces vivaces et de roseaux, au milieu de mille espèces d'arbustes entremêlés.

– Voilà. C'est ici que ça se passe.

– Quoi donc ?

– Les petits trafics amoureux.

– Et qu'est-ce que vous voulez que ça me fiche ? s'énerve le Poulpe. Je m'en moque éperdument.

– Ah bon ? ironise Pilar. Non, je plaisante. Je voulais que vous voyiez tout par vous-même. C'est plus facile à comprendre après. Esteban, lui, il avait ses trucs : j'ai oublié mes médicaments, je suis pas sûr d'avoir bien fermé la voiture... Et il se précipitait. Il courait se perdre dans le paysage, à la recherche d'une tendresse supplémentaire, une tendresse de quelques minutes qui, paraît-il, valait parfois plus que toute une vie... En tout cas, on aurait pu le croire à le voir revenir épanoui, plonger nu dans la mer en chantant...

– Vous laissiez faire ?

– Oui. Il était bien trop paresseux pour vouloir me quitter. Et il me respectait. Moi, j'ai tout balancé pour partir avec lui : famille, études... Non, là, j'avais rien à craindre. En revanche, je l'avais prévenu qu'il ne me toucherait plus sans préservatif.

– Sur la plage, il se tenait tranquille ?

– Imperturbable ! Même quand on venait le relancer... Je voyais le manège des jeunes et des moins jeunes...

– Jacques Desriez, ça vous rappelle quelque chose ?

– J'ai vu sa photo dans le journal.

– Albert Dumoulin ?

– Lui, c'était un bon client. Il venait avec Angélina, les enfants, les copains... Une belle bande...

– Et les autres ?

– Les autres aussi. Ils étaient tous par ici. Sauf Villedieu évidemment ! C'était pas envisageable.

Vous voyez l'émeute ! Non, il se planquait deux plages plus loin, après l'Esquinade, à Tropicana. (Elle semble à bout.) Je serais vous, je chercherais pas à en savoir plus. Je rentrerais directement à Paris.

– Sanméo est un ami et Pedro comme un frère. Je tiens à leur estime.

– Pedro ? Pourquoi il vient pas lui-même ? Ça vous a pas suffi le coup de la grenade ? Et ce cirque tout à l'heure dans l'eau ? Cette affaire nous dépasse, vous comme moi. Laissez tomber.

– J'arrive pas à comprendre ce qui vous fait peur. On a tué votre mari d'accord. Mais vous avez l'air de sous-entendre que des gens très puissants sont derrière tout ça…

– Nous sommes arrivés ici il y a trente ans, Esteban et moi. C'était si beau, si doux, si bon enfant. Le nudisme était interdit, le reste n'en parlons pas ! Les flics débarquaient sans prévenir, pourchassaient les culs nus et les homos mais sans conviction, juste pour le piment… Aujourd'hui, le climat a changé… Il y a des secousses sismiques et, je vous le dis, c'est un putain de tremblement de terre qui se prépare…

– Est-ce que vous auriez remarqué sur la plage ou dans les environs un petit gars avec un regard très bleu ?

– De loin, ils se ressemblent tous.

– Et de près, vous pourriez le reconnaître ?

– Après ce que je viens de vous confier, vous n'auriez pas dû me poser cette question. Il m'est impossible de vous répondre. Cherchez, fouillez dans la savane si vous n'avez pas peur du loup.

Elle repart vers le snack, sans amertume, accompagnée par les incantations des cigales.

Gabriel s'adosse à un tronc d'arbre, pensif. Près de lui, les feuillages s'agitent. Un homme apparaît viril, visage carré, crâne rasé, lunettes noires, tatouages. Il reste un instant immobile puis il porte la main à son sexe avant de se dissoudre dans les roseaux. Le Poulpe détourne son regard, gêné, flatté aussi peut-être. À ses pieds, se meut en un va-et-vient rigoureux une imposante colonne de fourmis, actives et pressées. Il les observe quelques minutes puis retourne à son vélo.

* * *

Même jour. Un peu plus tard.

La villa d'Alix de Saint-Ouen occupe le site le plus avantageux sur la route de l'Épi. Haute mais dissimulée derrière de grands arbres, avec tout de même une vue en faisceau sur la mer, la maison, construite directement sur la roche, se donne l'allure d'un animal puissant et racé qui étire ses membres à l'ombre d'une végétation subtilement ordonnancée, soigneusement entretenue. Le vert y flirte avec des rouges en éventail allant de l'orange foncé au lie-de-vin. Pins parasols, cyprès, oliviers, palmiers dominent et protègent le tapis de verveines roses tandis que la pergola de bougainvillées veille sur les ficoïdes et les cascades rouge vif de géraniums en jarres. Alix parcourt distraitement une revue, assise sous le parasol géant au bord de la piscine : faïences de Moutiers et carrelages de Salernes.

Le champagne attend, au frais.

– Monsieur Gabriel Lecouvreur, annonce le valet, qui disparaît aussitôt.

Alix éclate de rire.

– Pardonnez-moi, je ne me ferai jamais à votre nom. Il évoque tant de choses si diverses et... irrésistibles... Asseyez-vous où vous pourrez mais pas trop loin de moi.

– Quand on me connaît mieux, on m'appelle autrement...

– Qu'entendez-vous par «connaître mieux» ? roucoule-t-elle en allumant un ninas. Karim, une coupe pour monsieur... d'Autrement...

Le Marocain s'exécute. C'est un très beau spécimen de trente ans, surgi on ne sait d'où, aux yeux en amandes, vêtu d'un short-salopette et d'une musculature exubérante. Il se poste à l'écart après avoir servi.

– Avez-vous réfléchi à ma proposition ou bien vous êtes-vous déjà décidé pour celle de mon amie Sybèle ?

Ses efforts de coquetterie amusent le Poulpe qui se sent étrangement protégé par le souvenir incandescent de Marilyn.

– Selon vous, ces propositions s'excluent l'une l'autre ?

– Évidemment ! Si elles ne sont pas antinomiques, elles font doublon... Voulez-vous me dire où serait mon intérêt dans un cas comme dans l'autre ?

– Elles pourraient se compléter ?

– Vous avez besoin d'argent à ce point-là ?

– J'ai besoin d'y voir clair avant de choisir.

Pourquoi m'avez-vous caché que Ludovic Pétard était bisexuel ?

– Les gens qui aiment à faire courir ce bruit, sachez-le, et vous pouvez me faire confiance car je suis parfaitement lucide aujourd'hui, ont été, de près ou de loin, mêlés au meurtre de Ludo.

– Il y a pourtant des témoins.

– Foutaises ! Ludovic aimait le corps des femmes à en perdre la boule ! Et il baisait comme un dieu. Tant pis, vous me contraignez à la vulgarité... Il n'avait aucun besoin d'autre chose... Voulez-vous oui ou non de mon argent ?

– Non. Décidément non !

– C'est une déclaration de guerre ?

Il finit sa coupe, se lève, hésite un peu.

– Le jour où vous serez disposée à ne plus jouer les apparences contre la réalité, avec ou sans argent, je reviendrai peut-être vers vous.

– Monsieur Lecouvreur, puisque Lecouvreur il y a, à partir de maintenant, comme on dit en Corse : garde-toi, je me garde !

– Madame de Saint-Ouen, puisque de Saint-Ouen il y a eu, apprenez que la vendetta ne se pratique que dans l'honneur !

5 – Ça se corse

En cette fin de journée, les stridulations des cigales se répondent comme des chants funèbres. Les ombres sont longues. Des milliers de petits boutons verdâtres pendent en grappes aux branches des oliviers complètement immobiles.

Il n'y a pas un souffle dans l'air.

Marcel Rossi referme la porte de son cabanon.

– J'y viendrai plus. Je pourrais pas. J'espère le vendre. Le prix, je m'en fous…

Le Poulpe respecte sa douleur. Il marche en silence à ses côtés, en poussant son vélo. Enfin, Marcel soupire, parcourt le paysage des yeux.

– C'est le plus beau pays du monde. Pourquoi il a fallu que ça se passe ici ?

– Peut-être, répond le Poulpe, parce que c'est précisément le plus beau pays du monde.

– Ah ! J'en sais rien. Je sais plus rien… Firmin et moi, on s'était trouvés. Une vraie amitié, solide hein, pas comme avec les copains de bistrot ou de pétanque… Lui, avec sa couleur moitié chocolat, on osait pas trop le fréquenter. À le voir mener sa boutique à Fréjus, on pensait qu'il se foutait bien de nous, qu'il en avait rien à secouer qu'on lui parle ou pas… Un soir de mistral que le feu il avait pris dans les bois d'à côté, et que ma femme et moi, on arrosait par réflexe les arbres et les murs, ils sont arrivés, Lila sa femme et lui, sûrs qu'on était dans le risque ! Ils traînaient derrière eux une petite motopompe que personne savait qu'ils en avaient une ! Les canadairs ont été plus efficaces hein ? Mais y'avait eu le geste. On l'a jamais oublié. Après ça a été l'aïoli, les soirées à la fraîche avec les femmes dans leur coin à rire de nous parce qu'on refaisait le monde, Firmin et moi… Putain !

Il prend une respiration, sourit au Poulpe.

– Vous êtes patient vous hein ? Silencieux, tranquille, à guetter le terrier comme un chien de chasse…

– Ben moi, monsieur Rossi, j'ai pas un préfet de Police au cul !

La réponse semble satisfaire le viticulteur. Il s'arrête, plisse les yeux, s'assoit sur un remblai.

– De toute façon, aux flics, je leur ai rien dit que du tout-venant. Pour sa mémoire à Firmin, et pour Lila. Question d'honneur…

– Et à moi ?

– À vous ? Je sais pas…

Il soupire à nouveau.

– Vous avez un bon abord, ça compte. Et puis j'aime bien les gens qui ont les yeux qui rigolent !

– Mon but à moi, précise le Poulpe, c'est de sauver ce qui peut encore être sauvé. Je suis pas un justicier… Sauf si on m'y oblige.

– «Sauf si on m'y oblige.» Voilà… Avec ce petit bout de phrase, vous avez tiré le gros lot… Un Corse aurait pu dire ça…

Il hoche un peu la tête et poursuit.

– Quand j'étais jeune, plutôt beau gosse, avec d'autres nervis, on allait appâter les pédés, après on leur cassait la gueule et on leur prenait leurs sous… Un soir que je racontais ces conneries, c'était des conneries hein, pas du sérieux, des conneries de mômes, Firmin, il m'a fait honte «T'es qu'un salaud ! Qu'est-ce que t'en as à branler toi de comment ils baisent les gens, si encore ils t'avaient cherché mais là vraiment…» Pour le mettre en boîte, j'y ai dit : «Eh tu les défends bien hein ? T'en croquerais pas un peu des fois ? Marcel, *il m'a répondu*, te moque pas de moi. Je suis amoureux, amoureux à me profonder la tronche d'un petit de dix-huit ans. J'en perds la salive et le manger... » Putain ! Je savais plus quoi dire...

– Et vous l'avez vu, le gamin ?

– Non ! Enfin pas à ce moment-là... Il a disparu. Personne avait idée d'où il pouvait être... Cette année, il est revenu. Firmin, il tournait plus rond. Je devinais qu'il avait encore quelque chose sur le feu... Et un midi sans que je lui demande rien, il s'est mis à pleurer. « Tu sais, le petit d'il y a deux ans, *qu'il m'a dit*, je l'ai revu. J'ai rendez-vous ce soir. »

Marcel Rossi se frappe le front.

– Mais pourquoi j'y ai rien dit ! Pourquoi j'y ai pas parlé de Lila, de ses enfants ! Pourquoi, boun diou de boun diou ! La fois d'après que je l'ai revu, c'est ici, dans le cabanon, avec sa tête dans la campagne, bouffée par les fourmis... Si je le trouve, le petit, je te l'escagasse que sa mère elle le reconnaîtra même pas.

Il pleure sans s'en apercevoir, montre le poing en regardant vers le ciel.

– Je vous repose la question, monsieur Rossi : vous l'avez vu ou pas ?

– En photo... Firmin me l'a montré, tout fier : « Regarde comme il est beau ! Et presque aussi noir que moi ». Le con !

– La photo, elle était en couleurs ?

– Bien sûr ! Une photo d'amateur hein, un peu floue...

– Et les yeux du gamin ?

– Les yeux ? On voyait que ça : plus bleus que le ciel chez nous après un bon coup de mistral.

– Vous savez où ils se rencontraient ?

– Non. Mais sur la photo, ils étaient nus tous les deux près de la mer.

– Vous m'avez rendu un grand service, monsieur Rossi. je vous donne ma parole que cet entretien restera de vous à moi comme un secret entre amis.

Rossi laisse flotter son regard.

– C'était une fin de journée comme aujourd'hui, aussi chaude. Son bonheur faisait plaisir... Il avait son rendez-vous.

Sa voix devient imperceptible.

***

Dans le camping de Vidauban, c'est l'après-dîner : les feux qui s'allument sous les tentes, les tapis de cartes que l'on sort, les préparatifs des virées, quelques radios chuintantes, l'air frais qui détend les corps...

– Par ici, dit Yeux Bleus à son compagnon, en feignant la biture sans surjouer.

Le mec, lui, est vraiment soûl, secoué de rires hoquetants.

– Viens ! assure le jeune homme, je vais te montrer un truc.

– Quel truc ?

– Tu vas voir. Et quand je dis que tu vas voir, tu vas effectivement voir... Il s'essaie au rire gras, n'y réussit qu'à moitié.

– Mais y'a rien dans ce camping ! En trois semaines, j'ai jamais rien chiné !

– Celle-là, elle vient d'arriver.

– Celle-là ? J'ai pas besoin d'une pétasse. J'ai déjà la mienne. Tu me suffis, gamin !

– Parle pas si fort ! Des comme celles-là, t'en as même jamais rêvé ! Allez, juste histoire de se rincer l'œil…

– Me rincer l'œil ? Je préférerais me rincer la dalle avec autre chose… Amène ta queue, gamin ! Rien de tel pour dessoûler !

– Ta gueule, je te dis ! Tiens, c'est là…

La caravane indiquée est isolée, éclairée de l'intérieur, rideaux tirés comme fait exprès… Au-dehors, une table pliante, deux chaises de metteur en scène et des cadavres de Heineken… Le mec et Yeux Bleus s'approchent de l'arrière. Une sono discrète dispense les rythmes du dernier Kassav.

L'homme se hisse sur une chaise. Il écarquille les yeux de stupéfaction.

– Merde ! C'est comme au peep-show !

La fille est blonde. Nue, ça va de soi. Se donnant à la danse sans complexe, les yeux clos. Ses longs cheveux dévoilent ou dissimulent des seins plutôt poires que pommes. Les reins cambrés se jouent des règles de l'équilibre. Et les jambes répondent au rythme, nerveuses, impatientes. De sa main droite, la fille se caresse le sexe. En mesure.

– Ça, murmure l'homme en fouillant dans sa braguette, t'avais raison, ça vaut le déplacement ! Approche-toi, gamin. Deux plaisirs, c'est bien mieux qu'un seul !

Quelque chose se plaque sur sa bouche,

quelque chose qu'il n'a pas le loisir d'identifier avant de perdre conscience : une touffe de coton imbibée d'éther.

Deux cagoulards surgissent aussitôt, enlèvent le corps inanimé, l'emportent à l'intérieur de la caravane, le déposent sur le lit, éteignent toutes les lumières.

L'un des deux verse le contenu d'un bidon d'essence des abords de la bouteille à gaz jusque dans la forêt assez loin.

– D'une pierre, deux touches, ricane l'autre cagoulard en grattant l'allumette, ça fera aussi plaisir aux promoteurs !

Le vent semble acquiescer. Il se prépare à l'envol par des grondements et des sifflements.

* * *

La nuit commence à tomber.

Le Poulpe pense abandonner Marcel Rossi, le laisser en tête-à-tête avec le souvenir de Firmin Malgache quand une violente explosion secoue le paysage. Peu après, le tocsin retentit au clocher de Vidauban.

– Ça brûle, dit Marcel en humant l'air. Et c'est par ici !

Comme pour confirmer ses dires, une sirène de pompiers encore très lointaine déchire l'air et fait taire les grillons. Une fumée noire s'élève.

– Lâchez votre vélo et venez avec moi. On va voir si on peut pas donner la main. C'est juste derrière le bois, pas loin du camping.

Le Poulpe crispe ses mains sur le vélo, ne bouge pas.

– Ben alors ?

– Allez-y seul…

– Un type comme vous, vous voulez pas venir ?

– Écoutez, ça va vous sembler zarbi mais je suis sûr que c'est ma caravane qui est en train de cramer…

– À plus forte raison…

– Si c'est ce que je crois, il vaut mieux qu'on me voie pas dans les parages.

– Oh ! Vous me dites un peu mieux parce que moi, je vais m'énerver.

– Ben voilà… Ce qui m'arrangerait, c'est qu'on me croie mort, qu'on croie que j'ai brûlé avec…

Marcel replisse les yeux comme tout à l'heure mais cette fois, il semble moins sûr de ce qu'il doit faire.

– Si j'ai disparu, on s'occupera moins de moi, vous comprenez ?

– Je commence… Bon ! Je ferai ce que je pourrai mais, vous savez, faut au moins retrouver une dent pour qu'on soit certain que le mec il y est passé… Enfin, j'irai de mon cinéma (il rit un peu) et vous pourrez compter sur moi, même après votre mort !

* * *

En frappant ses trois coups le treize, l'orage du quinze août avait déjoué les complots du mistral. Des trombes d'eau s'étaient abattues sur le littoral varois. Le Poulpe a poussé jusqu'aux environs de

Fréjus pour dégotter une plage où on ne risquait pas de le reconnaître. Ignorant les débordements du ciel, il se baigne, passant de l'eau douce à l'eau salée, de l'averse aux flots roulants.

Son cœur se prête à la tempête. Son corps exulte dans cette communion avec les éléments. Véritable no man's land, la plage lui renvoie l'image même, entre vie et mort, de ce présent douteux. Sur le sable, le long de la mer, un homme nu court. Sa verge lui bat les cuisses, les bourses lourdes se soulevant à peine dans le va-et-vient du mouvement. Deux ou trois couples s'abritent sous des parasols et des nattes dont se jouent la pluie et le vent.

Une femme, nue elle aussi, surgit du fond de la plage, portant haut des seins délicats. Seule au monde avec son sourire, elle gagne rapidement le large et, de temps à autre, sa tête reparaît à la crête d'une vague.

Moment parfait, magique, que le Poulpe savoure comme une halte, comme un défi à ces assassinats prémédités dont les arcanes échappent à son entendement mais où il décèle, en ombres chinoises, des volontés humaines, maléfiques et malfaisantes.

Des ruisselets torrentueux érodent encore la plage. Le soleil se met à passer son nez au travers d'épais nuages gris. Le Poulpe sort de l'eau, s'allonge au bord du rivage, laissant la mer jouer avec ses membres interminables. Et là, picoté par des rayons capricieux mais agressifs, il décide de faire le voyage à l'envers, de revisiter avec précision ce qui s'est passé depuis qu'il est mort…

***

Le jour même où Marcel Rossi avait accepté d'être témoin de sa disparition, Gabriel avait essayé de détecter parmi ses connaissances récentes celles dont il devrait se méfier et, dont, sans doute, il aurait déjà dû se méfier.

En tête de liste, s'était imposée Alix de Saint-Ouen.

La nuit était encore bleue. Le Poulpe avait traîné son vélo à travers champs, loin des grandes artères et même des départementales, pour gagner en toute sécurité la route de l'Épi.

La Bastide achetée par Ludovic Pétard n'était pas sous surveillance. Il avait pu le constater lorsque le Marocain l'avait accueilli… Peu d'argent conseille la prudence. Trop d'argent pousse à l'indifférence.

Le Poulpe avait dépassé la villa d'Alix pour planquer son vélo dans le bas, presque en vue des plages. Il était revenu en catimini, effleurant le tapis d'aiguilles de pin avec la souplesse prudente d'un chat en maraude.

Les fenêtres béaient, rideaux voletant sous la brise de terre, toutes noires sauf une, kaléidoscopée dans les verts, les jaunes et les bleus.

Sans croiser âme qui vive, sans découvrir davantage de sons ou de lumières, Gabriel avait fait le tour de la maison. Il s'était hissé en rétablissement sur la grande terrasse exposée nord, avait pénétré dans une chambre inhabitée. De là, il s'était aventuré dans le couloir qui servait d'accès, entre autres pièces, au living dont la porte entrebâillée laissait filtrer les saccades de couleurs provenant, il s'en doutait, de la télévision.

Des halètements significatifs complétaient ce son et lumière un peu spécial. En approchant son visage de l'entrebâillement, le Poulpe avait pu vérifier ses prévisions : sur le petit écran, ça copulait ferme. Ayant réussi à se glisser dans la pièce, camouflé derrière une superbe amphore dégoulinant de verveines roses, tenant sa bouche à deux mains pour ne pas éternuer, Gabriel s'accoutumait à la pénombre, aidé aussi par les brusques changements de lumière et se trouvait maintenant aux premières loges d'un spectacle «hôtement» privé... Karim, le Marocain coquin, était couché nu sur le dos et sur l'épais tapis d'Hong-Kong, sexe en érection. Ses poignets et ses chevilles étaient attachés à des supports d'haltères pour le maintenir en position passive, disponible et offert.

Près de lui, une femme inconnue se masturbait avec des gestes lents, émouvants, tout en donnant de rapides coups de langue au mastard circoncis. Le Marocain subissait ces agacements dents serrées, tout entier concentré sur cette partie de son corps livré aux embrasements.

Quelques minutes plus tard, Alix s'était montrée : harnachée de cuir et de lanières. Cet accoutrement lui permettait d'utiliser un godemiché à deux têtes dont l'une était profondément enfoncée dans son vagin, l'autre pouvant servir de verge.

S'agenouillant au plus près des deux corps ondulant doucement, elle avait présenté la partie apparente de son gode à la jeune femme qui, aussitôt, se mit à lécher l'une et l'autre verge, l'authentique et l'artificielle, dans un plaisir grandissant.

Le Poulpe, au comble de l'embarras, hésitait entre la fuite et l'intervention, enregistrant sur tout son corps le retour des fourmis cherchant où dévorer...

Un niagara de sueur avait commencé de se déverser dans son dos lorsqu'Alix s'était allongée, les fesses sur les cuisses de Karim, de telle façon que les deux sexes, le vrai et le faux, soudés l'un à l'autre, ne forment plus qu'un seul et monstrueux pénis sur lequel, incontinent, la femme était venue s'empaler.

Visage toujours dans la pénombre, seins en pleine lumière, reins cambrés, elle avait entamé une danse du ventre a priori inédite. Elle s'enfonçait, se désenfonçait, sinueuse, dodelinant de la tête comme un boa constrictor, cassant quelquefois le rythme pour mieux l'exacerber la minute suivante. Alix, arc-boutée, malaxait les seins tendus, titillant les pointes avec science et ardeur. L'effet avait été radical : l'inconnue avait perdu tout contrôle. Accélérant le mouvement, creusant encore son ventre, elle se hâtait à la rencontre des coups de reins de Karim dont la passivité n'avait plus de raison d'être.

Ils avaient joui tous les trois dans un même râle, prolongé en gémissements étagés puis en sanglots de plaisir.

Couvert de sueur et peut-être aussi de honte, Gabriel s'était préparé à lever le camp lorsque la femme, en se redressant, avait présenté son visage ruisselant, épanoui, à la lumière du moniteur... À ce moment, le Poulpe reconnut Marilyn...

Jaune et ronde, la lune l'accompagna jusqu'à son vélo.

***

Le lendemain, huit août, en arrivant à son salon, Cheryl découvrit sur son fax le message suivant : *« Laisse un peu mariner le Gros et attends que je te contacte. Fantomas. »*

Elle ne comprit que lorsqu'elle lut les journaux.

« Suite à l'incendie d'une caravane aux abords du camping de Vidauban, et malgré les recherches minutieuses de la police, aucun reste humain n'a encore pu être identifié. Cependant aux dires de Marcel Rossi, propriétaire du cabanon tragique où avaient été retrouvés les membres épars de Firmin Malgache, un certain Gabriel Lecouvreur aurait été aperçu dans le véhicule au moment où celui-ci brûlait. Ce témoignage concorde avec celui d'une jeune femme qui a désiré conserver l'anonymat. Cette éventuelle disparition ne devrait pas être rapprochée des récents et trop nombreux décès qui ont défrayé la chronique dans la région PACA. »

Ce n'est que plus tard que Gabriel apprit quelles méchantes tempêtes avaient troublé les verres de pastis du café Au Pied de Porc à la Sainte-Scolasse.

Une fois de plus, Gérard avait menacé de fermer en signe de deuil. Maria, de ne plus mettre les pieds dans une église. Et madame Suzanne avait fait l'emplette d'une douzaine de mouchoirs.

Comme à l'accoutumée, Cheryl était venue leur rendre visite à l'heure du déjeuner. Devant l'ampleur des dégâts, elle avait décidé de passer outre les injonctions faxées : elle mit les amis dans la confidence. Une confidence relativement succincte puisqu'elle ignorait quasiment tout et que, comme l'avait proclamé le Gros, toujours pessimiste :

1. Si on n'avait pas retrouvé au moins une dent, on ne pouvait rien conclure d'officiel.

2. (Le plus important à ses yeux :) *rien ne permettait d'affirmer que le fax avait bien été rédigé par Gabriel.*

– Si ! objecta la chère île, la signature !

Cette conviction ayant trouvé un écho chez madame Suzanne, les perplexités s'étaient envolées dans un sourire connement sensuel.

* * *

Restait le problème de la résurrection… Dans un passé fort lointain, un homme illustre l'avait résolu, un peu à la hâte selon Gabriel qui pensait que ce chapitre du Nouveau Testament était passablement bâclé.

J'te vois plus. J'te vois encore. Et que j'te pousse une pierre de dix tonnes. Et que, dare-dare, je rejoigne mon divin papa au plus haut des cieux. Fallait vraiment y mettre de la bonne volonté pour accepter tout ça en vrac sans se poser les questions essentielles. Pas le genre chez les flics, harcelés par un électorat menaçant. Pas le genre non plus chez les assassins fouineurs qui, d'une manière ou d'une autre, chercheraient les jours prochains à s'assurer que le Poulpe n'avait pas échappé à leur astucieux traquenard.

Il faut bien qu'il se l'avoue : Gabriel commence à prendre un panard gigantesque à patauger dans cet ahurissant merdier.

La présence de Marilyn chez Alix le soir même où elle devait le rejoindre dans la caravane, laquelle s'était enflammée aussitôt... La convergence de ces électrons qui se proclamaient libres vers une même plage naturiste où les préfixes sexuels (homo, bi, hétéro) se mélangeaient allégrement, les attaques à son endroit comme à son envers, orchestrées dès son arrivée... Il y avait foutrement intérêt à se dégotter une autre complicité que celle, insuffisante à présent, de Marcel Rossi.

Presque sans réfléchir, le Poulpe avait choisi Sybèle Morhange.

La nuit suivante, celle d'après le Sabbat, il s'était pointé vélocipédiquement dans les environs du Plan-de-la-Tour, plus précisément près du Hameau des Brugassières où se terrait la si belle Sybèle.

– Entrez donc, monsieur Lecouvreur ! s'était entendu dire le Poulpe alors qu'il essayait, à nouveau dans l'hyperdiscrétion, le coup de la porte-fenêtre. Je pensais bien que vous n'étiez pas assez stupide pour adhérer si tôt à l'association des crématistes...

– Quelle «merspicacité», avait lancé Gabriel à voix haute et à tout hasard.

– C'est très drôle ! Accompagnez-moi dans ma chambre. Personne ne songerait à vous chercher sous mon lit et a fortiori dedans. Ce qui ne signifie pas que j'ai l'intention de vous y accueillir.

– Je vous suis, avait répondu le Poulpe en mâle vexé.

– Vous me direz ce qui vous a fait changer d'avis. Car vous avez changé d'avis, I presume ?

– Effectively, avait-il confirmé en s'asseyant sur le gros pouf de velours grenat. J'ai changé d'avis mais ça ne suffira pas, il me faudra aussi changer d'habits et d'identité.

– Et c'est pour ça que vous êtes là...

Il lui avait alors résumé ce qu'elle connaissait déjà en grande partie : l'incendie de la caravane et le pacte d'amitié avec le Corse.

À demi-renversée sur son lit, en une pose lascive qui la mettait subtilement en valeur, Sybèle entreprit de garnir son fume-cigarette.

– Mais où avez-vous passé le reste de la nuit, une fois décédé ?

– Outre-tombe, of course ! Je veux dire chez Alix.

– Je ne comprends pas bien ce que vous alliez chercher là, avait-elle objecté tout en manœuvrant son briquet, c'était bien imprudent !

– J'aurais dû préciser dans les couloirs de la villa. Spectateur involontaire d'une éprouvante bacchanale mi-sado, mi-sapho...

– Avec Karim ?

– Entre autres...

– Il est très beau, vous ne trouvez pas ?

– Quand on aime ce genre... Mais je regardais ailleurs.

– Je crois savoir où...

– Je préférerais que vous me disiez qui...

– Évidemment ! répliqua Sybèle en riant. Mais

ça ne vous apprendrait pas grand-chose, c'est une fille assez… heu… disponible, peut-être aussi un peu arriviste. Intéressée si vous voulez… Elle se répand beaucoup… Cigarette ?

– Ludovic était-il au courant des penchants de sa femme ? avait demandé le Poulpe en déclinant l'offre de Sybèle.

– Ce n'était pas sa femme… Mais, au début, Alix et Ludovic étaient très amoureux l'un de l'autre. Il y a quelques années, ils se sont liés avec un couple sympathique mais fort libre de mœurs. C'est au cours d'un voyage que la chose a eu lieu… Fait exprès ou hasard ? Les deux femmes se sont retrouvées seules au lit. Alix a succombé, découvrant à cette occasion une nouvelle façon d'être… heureuse. Je reste persuadé que le coup était monté par le mari car, pendant ce temps, il se faisait sauter par Ludovic… Le cercle s'était fermé ou le nœud noué… À dater de ce… remue-ménage, nous pensions tous que, entre eux, la compréhension serait réciproque. Eh bien non… Alix était jalouse !

– Et Ludovic, il s'en foutait ?

– Bien sûr ! Il s'arrangeait pour organiser ses frasques à l'insu d'Alix… jusqu'à la rencontre avec le petit jeune homme au regard bleu… Là, ça s'est mal passé…

– Vous l'avez connu ?

– Qui ?… Ah non ! Mais Ludo m'en avait fait une description plutôt abasourdissante !

– Ludo se confiait à vous ?

– Oui, souvent…

Une gêne fugitive avait assombri le visage de Sybèle.

– Outre son associée, j'étais disons son copain le plus proche.

– Vous ne m'aviez pas parlé d'une liaison avec Ludo ?

– Oui. Pour simplifier les choses. Je l'aimais. Peu importe comment. Nos sentiments l'un pour l'autre étaient si forts et en même temps si mystérieux pour notre entourage qu'Alix avait fini par ne plus les supporter... C'est une femme dangereuse, capable de tout quand elle aime... ou quand elle hait...

– Comme par exemple de faire incendier une caravane avant d'organiser une partouze dans sa villa ?

– Je ne sais pas... À part une ou deux évidences, rien dans cette histoire ne me paraît crédible, cohérent... C'est d'ailleurs pour ça que je vous ai engagé, non ?

Elle avait rageusement écrasé son mégot dans le cendrier posé sur la moquette orange, juste au chevet du lit.

– Souhaitez-vous une avance ?

Le Poulpe n'avait pas répondu : il réfléchissait.

– Les évidences pour vous : la Cabane Bambou et le regard bleu ?

– Il est trop tôt pour que je me dévoile. Ne souriez pas, ce n'est qu'une image ! Cherchez de votre côté, je chercherai du mien... Nous confronterons nos hypothèses lorsque nous les jugerons suffisamment étayées. Vingt mille, c'est convenable ?

– Ça me convient.

– Très bien ! avait-elle dit en sortant une liasse

de son sac. Et maintenant, occupons-nous de vous… Dans quelle sorte d'animal souhaiteriez-vous être réincarné ?

***

Grise sur le bord avec des éternuements opalins, vert sale en s'éloignant du sable, émeraude au-delà des bouées, la mer, en ce treize août, ne retrouve que dans le lointain son bleu Méditerranée.

Fasciné par l'inlassable ondoiement, ivre de vent et d'eau, les muqueuses gorgées de sel, sourd au monde extérieur, le Poulpe se fond dans l'atmosphère pour oublier jusqu'au plus infime détail de sa personnalité et endosser la livrée offerte par Sybèle Morhange : celle d'un cinéaste italien nommé Alessandro Bolognese et se faisant appeler Jeff Goldfellow dans l'espoir de relancer le western-spaghetti.

6 – Non Jeff t'es pas tout seul

Tout s'était décidé très vite.

Pour transformer le Poulpe en génie transalpin, et que ce soit crédible, une spécialiste était indispensable, une spécialiste qui pût garder le secret de la métamorphose.

Cheryl, mise au parfum, décréta qu'elle ne laisserait à personne la responsabilité de trafiquer

Gabriel. *On sait comment ça commence, on ne sait pas où ça finit, plutôt on ne le sait que trop.*

Voir partir leur seule source de renseignements rendit moroses les proprios du café-restaurant Pied de Porc à la Sainte-Scolasse. Par ailleurs, Gérard considéra de son devoir, vu le danger, d'accompagner Cheryl sur la Côte et, une fois là-bas, pourquoi ne pas profiter de l'aventure ?

Un nouvel écriteau flambant neuf fleurit sur le rideau de fer assurant aux clients éplorés que l'établissement était «fermé pour cause d'enquête». Le bruit courut aussitôt que le Gros était mis en examen.

Gérard loua une Chrysler Voyager, seul véhicule, selon lui, capable de transporter vêtements de rechange, matériels et attirails utiles au plan métempsychose...

Partis le quatorze août à six heures du soir, ayant dormi en route, Gérard, Maria et Cheryl déboulent le quinze vers dix heures du matin dans le hameau.

La villa, bien isolée dans la campagne plantouriane, s'étale sur trois niveaux.

Au rez-de-chaussée, un bureau truffé de cassettes vidéo, préférence marquée pour les films français des années trente, est attenant à une chambre dite bleue. Une espèce d'alcôve équipée de commodités fait face à un studio complètement indépendant.

Au rez-de-jardin, une petite buanderie et un W.C. bordent l'immense salle de séjour où trône une télévision dernier cri à côté de la cheminée centrale. Le blanc domine des murs aux rideaux tandis que les meubles et la décoration se partagent le vert et le bleu.

La pièce se prolonge sur la gauche par une cuisine très confortable et une terrasse, toutes deux noyées dans la vigne vierge. Enfin, à l'étage, la chambre de maître débouche sur un solarium d'où l'on peut contempler les quarante collines environnantes... La salle de bains, elle, donne sur le bassin d'agrément doté d'un jacuzzi.

Gérard et sa Maria décident de réquisitionner le studio. Cheryl et le Poulpe s'installent dans la chambre du haut. C'est Sybèle Morhange qui s'est chargée de faire les honneurs des lieux et les recommandations d'usage. Elle a tenu aussi à prodiguer quelques conseils dans l'élaboration du scénario et la création des personnages.

Auparavant, dans l'intimité de leur chambre, Cheryl a transformé son grand chéri en rouquin hirsute, de la pointe des cheveux aux poils du pubis et du fondement.

– Mais qui va aller voir jusque-là ?

– Oh ! Tu es très amusant en Sainte-Nitouche ! Et puis n'oublie pas que le naturisme risque d'être de rigueur !

Maintenant il s'agit de répartir les tâches : si le couple italien se doit de siéger à la plage privée, un espion est évidemment nécessaire chez les nudistes.

À l'unanimité moins une voix, la sienne, Gérard est désigné pour le rôle de la folle. Réticent au départ pour le principe et pour son honneur de mâle. («Si tu as peur, *lui dit Maria, fine mouche,* c'est que tu as des raisons d'avoir peur»).

Il finit par reconnaître que personne d'autre ne peut y prétendre.

– Faudra lui raser la moustache, s'écrie Maria de la cuisine où elle concocte le frichti du soir.

– Ça ne me paraît pas nécessaire, déclare Sybèle avec un clin d'œil à Cheryl.

– À moi non plus, renchérit cette dernière. Mais en revanche, tu devras surveiller ta démarche.

– Ma démarche ! hurle le Gros.

– Et votre voix, complète la Morhange, pince-sans-rire.

– Ma démarche... Ma voix... Eh ! Vous allez pas me faire jouer les zaza ?

– Allons, Gérard, un petit effort ?

Sybèle lui tend la main avec un tel sourire enjôleur que Gérard est subjugué. Il se lève, esquisse quelques pas sous la direction de son maître de ballet.

– N'en fais pas trop tout de même, suggère Cheryl. Juste un petit quelque chose dans la hanche, ça suffit. Au-delà, c'est la caricature, tu serais repéré...

– Je trouve qu'il est doué, conclut Sybèle avec un nouveau sourire qui met Gérard dans l'embarras.

Le Poulpe s'abstient de tout commentaire, évitant de regarder dans la direction de Gérard.

– Et moi ? demande Maria, s'étouffant de rire, le nez dans ses casseroles.

– Toi, tu iras voir Pilar Calvez de ma part, répond Gabriel. Elle travaille au Snack Bambou. Ils cherchent des extras pour la fin du mois.

Le repas est prêt. On se met à table dans la véranda.

L'émotion règne, rapproche les convives. Tandis que, se prenant très au sérieux, Gérard s'efforce de ressentir son personnage de l'intérieur, Sybèle Morhange fait le point.

– L'aventure semble vous distraire. Dites-vous bien qu'elle comporte des pièges insoupçonnables car nous allons être confrontés à des personnages d'autant plus dangereux que nous ignorons qui ils sont et quels buts ils poursuivent. Nous sommes déjà nombreux au courant de notre entreprise : vous quatre, moi, Marcel Rossi et Pilar Calvez. Limitons-nous à ce groupe. Et, à partir de demain, nous ne nous connaissons plus. Un chauffeur sera à la disposition de Jeff Goldfellow et de sa charmante épouse. Maria gérera la Chrysler. Gérard (sourire au Gros qui sent s'envoler dans la seconde ses velléités homo) sera un vacancier corrézien circulant en vélomoteur. Pas la moindre connivence entre nous si nous nous rencontrons à la plage, au restaurant ou dans les rues de Saint-Tropez… Quand ce sera nécessaire, je trouverai le moyen et l'endroit pour une prochaine réunion.

***

Le seize août au matin, Julian Gomez, gérant de la Cabane Bambou, voit débarquer sur son sable un grand échalas rouquin et barbu, vêtu d'un bermuda flottant style jupe-culotte et d'un tee-shirt vert fluo, parlant fort avec les mains. Dans son sillage, froufroutante et discrète, surtout par comparaison, une créature étrange moitié femme moitié ange, avec de gros seins –nus depuis peu– brune comme une omelette aux truffes, souriante et maquillée comme des actrices des productions AB, myope comme une clef anglaise. En frantalien, l'hurluberlu commande à Julian Gomez un parasol, deux matelas, un cocktail de fruits et une bière glacée.

– Ma, mon séri, tou vas pas boire ouna bière che tou lé supportes pas…

– Hai ragione ! Mi scuso, cara… Annoulez la bière. Da mi oun porto flip, per piacere.

Il tient sous son bras un monstrueux manuscrit relié, tellement épais qu'il pourrait évoquer le scénario de trois Sergio Leone mis bout à bout ou dans le désordre ce qui ne changerait rien. Cheryl s'installe sans embarras. Elle fait surgir de son sac de chez Gucci une douzaine de produits de beauté, en choisit un méticuleusement pour oindre le dos de son boss ou de son conjoint. Chi lo sa ?

– Vieni qua !

Il obéit. C'est donc le conjoint.

Le serveur apporte les consommations.

Assez haut pour être entendu sinon compris par tous les clients de la Cabane Bambou et les baigneurs de la plage publique, le cinéaste interroge le loufiat :

– Zé souis ici pour le travail, capici ? Oun film (il mime un opérateur du muet). Si ? molto importante (il désigne le manuscrit) con molto figurazione..., fi-gu-rants, capici ? Si è possibilè, zé veux voir des personnes..., contadini... capici ? Beaux garçons, belles filles... Puoi aiutarmi ?

– Il vous demande si vous pouvez l'aider, traduit l'égérie avec l'accent approprié tout en massant le dos du maître.

Le garçon, éberlué, se tient coi, comme frappé par la foudre, son plateau à l'horizontale.

– Zé souis Jeff Goldfellow, hai capito, stronzo !

– Ich verstehe nicht, finit par balbutier le serveur qui exhale un gros soupir de détresse. Bas vranzais...

Il s'en repart, affolé, trouver le gérant.

– Va falloir inventer autre chose, murmure Cheryl en retenant son fou rire.

– Je crois que ça peut marcher comme ça, réplique le Poulpe, bouche ouverte sur des dents étincelantes, sourire béat.

Comme pour corroborer cette affirmation, il montre à Cheryl le gérant qui, alerté par son serveur trop poli pour être glotte, se hâte vers le parasol du cinéaste.

– Va te baigner, conseille Gabriel à l'ange.

Celle-ci s'étire, joue de sa poitrine, et franchit la petite bande de sable qui la sépare de l'eau sous les murmures laudatifs des bronzés alanguis.

Elle plonge.

– Pardonnez-moi, dit Julian Gomez, le visage triste mais pas obséquieux, c'est une période difficile. On est obligé d'accepter n'importe qui... Qu'est-ce que je peux pour vous ?

– C'est oun pô délicat... Vénez più près...

Le gérant s'accroupit.

– Zé profite que ma femme, elle est dans l'eau…

– Fille ou garçon ?

La demande est directe, sèche.

– Ma… la fille, zé dézà !

Julian Gomez se redresse vivement.

– Je regrette, signore, nous ne donnons pas ce genre de renseignements. Si vous êtes patient, avec votre physique, vous ne tarderez pas à être mis au courant.

– Et… si zé souis impatient ?

– En principe (il montre le parking) là derrière, il devrait y avoir ce que vous cherchez…

– Grazie mille !

***

Treize heures. Au plus fort du soleil, Gérard est assis sous un parasol Hausbrandt en train de finir son assiette du pêcheur.

Un petit ponant rend la température moins féroce. Le temps est au grand beau, ancré dans un été favorable. Brusquement, le Gros tousse à perdre l'âme, s'étrangle, gesticule.

– Buvez un peu d'eau, recommande le voisin, attentionné.

– Même avec toute l'eau du Popocatépetl, comment voulez-vous que j'arrive à avaler cette saloperie ?

Il montre le morceau de ferraille qu'il vient de recracher.

– S'il vous plaît, braille-t-il vers les cuisines

d'un air matamore, genre «vous allez voir ce que vous allez voir» en mineur…

La serveuse en qui l'on peut ne pas reconnaître Maria tant elle joue des hanches, lui fait signe de patienter.

– Vous savez monsieur, et pardonnez-moi de vous reprendre… Il y a tellement de gens susceptibles par ici. Mais ça ne semble pas être votre cas…

– Je vous le confirme, précise Gérard, du charme jusqu'au bout des cils.

– Eh bien, voilà : le Popocatépetl n'est pas un fleuve, c'est un volcan…

– Un volcan ? Et alors ? s'exclame Gérard, sûr de son effet, y'a pas d'eau dans les volcans ? Encore des publicités mensongères à la télé !

Le voisin, bon public s'esclaffe. Maria arrive.

– On peut rire aussi ?

– Si vous en avez le culot… Vos poissons, vous les pêchez où ? Dans les corons ?

– Pourquoi, ils sont charbonneux ?

– Ou alors dans le vieux port de Marseille au fond duquel il reste peut-être quelques morceaux du pont transbordeur, ajoute-t-il en exhibant fièrement le déchet ferrailleux. Je ne sais pas si c'est vous qui faites la cuisine à la maison mais, dans ce cas, j'aimerais pas être à la place de votre mari…

– Vous préféreriez être à la mienne sans doute ! lance Maria, des éclairs plein les yeux, en enlevant l'assiette.

Les fulminations de Gérard ne font qu'accroître l'hilarité communicative du voisin.

– C'est bon enfant ici, dit-il en s'essuyant les yeux. Vous verrez, ils ne vous compteront pas le plat… Vous venez d'arriver hein ?

– Ça se voit tant que ça ?

– Vous êtes bronzé Renault…

– Pardon ?

– C'est une expression du coin pour désigner les hommes qui n'ont que les bras et le bas des jambes colorés. D'un œil connaisseur, il parcourt le corps de Gérard qui se voudrait à cent pieds sous terre tant il se sent rougir.

– Poète ou paysan ?

– Les deux, parvient à répliquer Gérard, je suis conducteur d'engins.

– Ah ? Comme ce pauvre Dumoulin…

– Qui ça ?

– Albert Dumoulin, une sale histoire. C'était un client du snack. Je vous raconterai… Je m'appelle René…

– Et moi, Atala…

– Poète donc ! Ah ! Ah !

Gérard se reprend.

– Je voulais dire Attila. C'est mon nom de guerre.

– Épais ! enchaîne René, déjà conquis.

Ils éclatent de rire.

– Vous disiez que vous me raconteriez, demande Gérard.

– Les endroits chauds et comme ça ?

– Oui et puis l'histoire sale, là, le conducteur d'engins…

– Depuis quelque temps, il s'en passe des sévères par ici…

Il arrête sa confidence. Maria revient à la table et apporte une nouvelle assiette du pêcheur. Elle la pose sans commentaires et va vers la table voisine, appelée par un consommateur. L'homme lui demande une bière. Il a les cheveux noirs, les sourcils encore plus noirs et de belles moustaches blanches.

* * *

– C'est vraiment la plus belle journée de la saison, vous n'êtes pas de mon avis ?

Cheryl se secoue, émergeant d'un demi-sommeil tonalité sieste.

– Oh pardon ! Vous reposiez…

– Non é grave ! Ce n'est pas important…

– Italienne ?

– Si.

– Ne me dites pas, ce serait trop beau, que vous êtes la compagne d'Alessandro Bolognese…

– Si mais il serait mieux de l'appeler Jeff…

– Nous ne l'oublierons pas. Je me réjouis de ce hasard. Je suis Alix de Saint-Ouen.

– Piacere… Sandra de Rome.

– Et voici mon amie Marilyn qui serait tellement ravie si… si elle pouvait faire la connaissance de votre… Jeff !

– Ah ! Bonjour… Pur troppo – malheureusement je veux dire – mon mari est allé faire una passagiata… Il promène…

– Vous a-t-on déjà dit que vous êtes très belle ?

– Si… Ma oune femme, c'est la première fois !

– En France, il y a un proverbe qui dit : il faut un début pour chaque chose…

– C'est très joli…

Marilyn se rapproche de Cheryl, s'agenouille à côté de sa chaise longue, dans le sable.

– Je ne voudrais pas paraître stupide si je rencontre votre mari. Je ne connais aucun de ses films…

– Ma… Il n'a fait rien… Il était producer… Des choses sur l'Afrique et comme ça…, payées par l'industrie, vous savez…

Elle sourit mais pour qui la connaît, on devine qu'elle a plutôt envie de mordre… *Cette fille,* pense Cheryl, *a rencontré Gabriel, j'en donnerais ma main à couper.*

– Le bruit court qu'il y a un casting de prévu… Pensez-vous que je puisse avoir une chance ?

– Ça, répond Cheryl, presque sans accent, je peux vous le garantir.

– Quelle merveille, s'exclame Alix qui connaît le pays, tout s'arrange, ma chérie !

Elle se tourne vers la compagne du grand cinéaste.

– Tenez, je vous invite à la bonne franquette ce soir, à la Romana. Nous ne serons qu'une trentaine, entre gens du monde, n'est-ce pas ? Karim, c'est mon homme de confiance, viendra vous prendre vers vingt heures trente. Il suffit de me dire où…

– Je souis confuse, coupe Cheryl, nous avons déjà un rendez-vous. Un financier…

– Une autre fois alors ? Marilyn vient tous les jours ici avec Karim qui l'amène en bateau. Voyez, il est près de l'eau. C'est un Marocain. Il est reconnaissable, non ? Vous lui direz votre soir... S'il vous plaît, nous comptons sur vous...

Elle se lève, entraîne Marilyn avec un sourire de conte de fée.

* * *

Le Poulpe a déjà croisé une demi-douzaine de sourires engageants qu'il a feint d'ignorer car ils étaient appuyés par des regards trop précis ou des gestes indécents. *Trop tôt*, s'était-il déclaré.

Maintenant, il flâne, repère les circuits, constate à quel point ils ont fini par former une sorte de toile d'araignée faite de sentes à peine praticables où l'on est griffé par les ronces et fouetté par les roseaux encore bas.

Au bout de quelques minutes, Gabriel oublie sa mission. Le paysage est attachant, sauvage. Les senteurs se font persistantes. Une espèce de bonheur paradisiaque émane de l'ensemble, s'épanouit à la disposition des plus blasés. Le Poulpe comprend brusquement quel attrait peuvent exercer ces lieux sur des hommes en quête d'amours singulières.

Un trouble subit le tracasse, le démasque peut-être... Il a honte d'être là dans cette « savane », selon le mot de Pilar Calvez, de s'y trouver en étranger donc en intrus pour y jouer une pantalonnade. Il éprouve le besoin irrépressible d'aller dans le grand large se laver de cette gangue humiliante. Mais, il le sait, avec toute cette teinture sur les cheveux et ailleurs, la mer lui est désormais interdite…

Devant lui, la sente paraît avoir été récemment ouverte : les branches des arbustes saignent encore leur sève et les herbes foulées ne forment pas encore tapis.

Il décide de l'emprunter. Avec la discrétion d'un chasseur qui souhaiterait déloger une compagnie de perdreaux.

Au bout du chemin, relativement court, apparaît une petite clairière adossée à des herbes folles qui entourent un pin parasol.

En son centre, empalé sur du bois de châtaignier arraché à une ganivelle, un homme semble l'observer. Le sang n'a pas tout à fait séché sur ses cuisses meurtries. Il a, enfoncés dans la bouche, sa verge et ses testicules.

Épinglé à l'un de ses tétons comme un piercing, un petit écriteau affiche en lettres de sang : «Neuvième avertissement».

Au pied du cadavre, le Gros ne parvient pas à retrouver son souffle. Le Poulpe n'est même pas étonné de le voir là.

– C'est René, commente Gérard en se relevant. Nous avons plaisanté ensemble à table. Il devait me parler de Dumoulin. Un homme est arrivé à la table voisine. Comme René avait l'air de s'en méfier, je suis allé me baigner. Quand je suis revenu, plus personne ! Pilar m'a conseillé de le chercher par ici… Fous le camp, Gabriel ! C'est l'enfer ! J'aurais jamais cru que ça pouvait exister, une sauvagerie pareille !

– Comment il était le type ?

– Quel type ?

– Celui de la table d'à côté.

– Normal, genre pied-noir avec des moustaches blanches.

– On y est, dit le Poulpe. Cette fois, ça commence à frémir…

– Explique…

– Non. Faut pas rester là ensemble. Tirons-nous.

Prudemment, ils quittent la clairière. Chacun sa route. Ne demeurent sur place que le mort, stupide et obscène, et les cigales indifférentes qui s'obstinent à célébrer le soleil.

Le Poulpe s'arrête un peu plus loin pour vomir, dégurgiter le monde avec son déjeuner.

– Il y a quelque chose qui ne passe pas ?

Malgré la surprise, le réflexe frantalien joue.

– Non ! Va bene… Ça ira…

Il ramasse une poignée d'herbes, s'essuie la bouche.

– Posso fare qualche cosa ?

– Grazie… Va bene cosi…

En se redressant, le Poulpe découvre en face de lui, souriant, un très beau jeune homme avec un regard d'un bleu intense…

* * *

Le soir, le célèbre cinéaste Jeff Goldfellow et son épouse dînent au restaurant : la villa Saint-Elme. Le chauffeur de Sybèle était venu les quérir vers vingt heures. Un quart d'heure plus tard, il les déposait aux Issambres après avoir emprunté la route du Débarquement pour éviter les embouteillages de Sainte-Maxime.

Les étoiles étaient apparues une par une dans cette nuit désertée par la lune. La mer, toute proche, calme, dispensait une forte odeur iodée combattue par les effluves provenant des jasmins de la terrasse.

Le garçon apporte les desserts : une soupe de fruits rouges caramélisés pour Cheryl, un millefeuilles de pêches pour Gabriel.

La somptuosité du cadre, la saveur délicate des mets, la diligence agrémentée d'humour des serveurs, tout cela aurait mis un point d'orgue à une journée idyllique sans le souvenir de ce meurtre ignoble. La douceur de l'instant cependant se communique à Cheryl, moins tendue qu'elle n'aurait pu l'être.

– Cette jeune personne qui accompagnait Alix de Saint-Ouen, cette Marilyn, tu la connais ?

– Oui.

– C'est la fille de l'aire de repos ?

– Oui.

– Tu as couché avec elle ?

– Une petite gâterie dans la mer. Je l'ai retrouvée par hasard ici.

– Par hasard ?

– Par hasard.

– Je suis triste, Gabriel.

– Moi aussi. Pas pour les mêmes raisons. Tu devrais garder ton énergie pour de meilleures causes. Nous allons en avoir besoin.

– Nous ?

– Nous.

Le chef vient s'enquérir auprès de ses clients.

– Com'era, signora, signore ?

– Molto bene, veramente ! Il conto per cortesia.

– Subito !

Il s'éloigne prestissimo. Le Poulpe parvient à sourire.

– Personne ne fait les gâteries comme toi, tu sais bien.

Sur le chemin du retour, contrôle. Le chauffeur tend les papiers, impavide. Le gendarme se penche, scrute à l'arrière.

– Qui sont ces personnes ?

– Les invités de madame Morhange.

L'homme de l'ordre salue.

– Bonne fin de soirée, m'sieurs dames !

– Ciao, risque Cheryl, un peu ivre.

Le Poulpe a reconnu le gendarme : moustaches blanches et sourcils noirs. *Il nous lâche pas, ce con ! Le tout est de savoir s'il joue la comédie à pas nous repérer.*

Maria n'est pas couchée. Elle visionne une cassette dans le séjour.

– Gérard a fini par s'endormir. Je lui ai refilé un somnifère. (Elle renifle.) Il va pas bien du tout.

– Hé là, bonhomme, s'écrie tendrement Cheryl en vacillant quelque peu, il s'en tirera, ton Gros ! Il en a vu d'autres ! «Bien, sûr, nos cœurs perdent leurs ailes…

– …mais mais voir un ami pleurer», poursuit le Poulpe.

– Marre avec Brel, proteste Maria. C'est pas à

cause de Gérard que je pleure. C'est le film : *Mayerling*... Celui avec Danielle Darrieux. Je le connaissais pas. (Elle sanglote.) Que c'est beau !

* * *

Plus tard.

Après une séance mi-tendre mi-sauvage, Cheryl somnole en souriant «aux anges».

– Il y a quand même quelque chose que je m'explique mal, avoue le Poulpe en retapant son oreiller.

– Toi ?

– Moi. Pourquoi l'écriteau parlait d'un neuvième avertissement ? Et le huitième alors, c'était quoi ?

– J'allais te le demander, ironise languissamment le bel ange, ni convaincant ni convaincu. Tu racontes ?

– Trop tôt pour répondre. Demain soir, après mon rendez-vous.

– Si tu me trompes avec cette star d'hypermarché, je t'assassine.

– Tu oublies que je suis déjà mort ! Et puis tu es injuste avec Marilyn...

– Qu'est-ce que tu dis ? hurle Cheryl tout à fait réveillée.

– Calmos. Je voulais voir si tu m'aimais encore, dit le Poulpe en riant. C'est pas avec elle que j'ai rendez-vous...

7 – Bleu lessive

17 août.

Aux abords de la côte, la mer, de nouveau déchaînée, creuse les algues et le sable par des rouleaux profonds. Il faut être sûr de soi ou inconscient pour s'en approcher.

Mais, au-delà de ces rouleaux, une impression de sécurité envahit les baigneurs, leur donnant l'illusion d'être hors de danger. Le danger, on le retrouve au retour quand les vagues font barrage avec leurs reflux hypocrites, meurtriers, quand elles épuisent les nageurs en jouant à submerger leurs bouches au moment où ils tentent de reprendre souffle.

Là, la Méditerranée est cruelle, cruelle comme l'océan traquant les bateaux en perdition, cruelle comme un chat agaçant sa proie sans réel désir de tuer, juste pour éprouver son pouvoir. La mort est au bout, presque à chaque fois.

Le Poulpe est nu, rouquin raccord, assis près des dunes à l'endroit même où Jacques Desriez se gaussait des efforts de réhabilitation florale.

À ses côtés, le même jeune homme au regard bleu s'étire adroitement sur le sable, dévoilant et développant un corps bronzé, harmonieux.

– Sei un bel ragazzo, sai ?

– Si. Lo so. Anche tu, sei bello…

– Tou peux parler français si tou veux. Lo capisco ma ti prego, lentamente !

– O.K. ! Tu dois avoir du succès, toi ?

– Comme ci, comme ça… Et toi ?

– Moi ? Beaucoup. Beaucoup trop. Tu comprends ?

– Dai, dai…

– Je me sens comme une marchandise, ça m'écœure.

– Tou ne vas pas vomir comme moi hier ?

– Non !

– Tou as un zoli sourire quand tou dis non.

– Ça aussi, je le sais. Quelqu'un me l'a dit il n'y a pas longtemps, ici, exactement à l'endroit où tu es assis…

– Qui ?

– Sans importance…

Il sourit brièvement, devient grave, hésite.

– Les autres, je veux les oublier…

– Qu'est-ce qu'ils ont fait les autres ?

– Ils s'écoutent parler. Ils pensent qu'à leur plaisir. Toi, non. Tu es différent.

Sur la plage, tout semble suspendu. La routine est cassée. Les mois de juillet et d'août avaient habitué les touristes à un rituel solaire que rien ne venait jamais perturber.

Et, sans transition, le vent, les vagues, les nuages… Il fallait tout reconsidérer.

– Comment tou t'appelles ?

– Jimmy.

– Ma non !

– Si ! Tu trouves que ça me va pas ?

Yeux Bleus pose son regard sur le Poulpe qui chavire, perd ses marques… Ce trouble, Gabriel ne le reconnaît pas et cependant le magnétisme têtu qui se dégage du jeune homme l'envoûte, le renvoie à un autre corps, à un autre visage, à un autre sexe… Jimmy se rapproche, frémissant. Ses lèvres s'ouvrent à quelques centimètres de celles du Poulpe. Ce dernier, paupières closes pour s'abstraire, se concentre, récupère son contrôle.

– E pericoloso sporgersi, articule-t-il, mal à l'aise. Tes yeux sont des fenêtres sur le ciel…

– Il me semblait bien, répond Jimmy se moquant. Tu l'as apprise pour qui cette phrase ? Viens ! J'aimerais me baigner avec toi, sentir ton corps près du mien en train de nager… Viens !

– Ma non posso ! Zé né sais pas, avoue piteusement le cinéaste.

– C'est pas possible…

– Eh… si !

Ils se sourient, se goûtent du regard, bonheur au zénith.

– Var Mataing ! Var Mataing !

Le Poulpe fait signe au courageux garçon qui, par n'importe quel temps, arpente la plage pour un salaire sans doute ridicule.

– Posso ? demande Gabriel en ouvrant à la page des faits divers.

– *« On a enfin identifié le cadavre de la caravane incendiée au camping de Vidauban,* récite Jimmy, *ce n'est pas, comme on avait tendance à le penser suite à des témoignages formels, celui d'un certain Gabriel Lecouvreur, mais celui d'un campeur stationné lui aussi dans ce camping… »* Je continue ?

Le Poulpe ne réagit pas.

– *« Pierre Vambrechies était ivre selon toute vraisemblance. Il a pu se tromper de véhicule. La police s'interroge toujours sur les causes du sinistre... Instituteur de la région lilloise, vivant en concubinage avec une collègue, Pierre Vambrechies passait cette année ses vacances en solitaire. Il était très apprécié de ses camarades de camping, etc, etc... »*

– Tou le connaissais ?

– Tu parles !

– Sur cette plage ?

– Non ! Lui, il préférait l'Escalet, les rochers près de la Bastide blanche. Tu vois ?

Jimmy a un méchant sourire.

– Il sentait mauvais. Une odeur de sueur aigre…

Son regard se durcit.

– Presque tous… L'alcool, la bouffe épicée, la honte…

– Ma tou as couché avec tous ces hommes ?

– Couché ? Ah non ! Pas couché ! Jamais, ça s'arrêtait avant.

Il rit un peu trop fort.

– Ça les énervait beaucoup…

– Pourquoi alors ? Tou n'étais pas forcé…

– Ça, c'est une autre histoire… Je suis toujours cynique dans ces cas-là… Tu es tellement sain, toi…

Le trouble est de retour. Il s'immisce entre eux, plus sereinement, plus sûrement donc. Jimmy s'empare de la main du Poulpe, la tourne et la retourne en la caressant.

– Tu es un prince.

– Io ? Ma che dici ?

– Tu es un prince, répète Jimmy en jetant un coup d'œil à l'entrejambe de Gabriel… Tout est grand chez les princes…

– Ma tou mé fais rougir…
– Tu connais Chez Palmyre ?
– Dov'è ?
– À Saint-Tropez, au pied de la citadelle.
– Si ! Mi ricordo : avec oun piano…
– Mécanique, c'est ça. À côté, il y a une rue. La rue des Bouchonniers, tu te rappelleras ?
– La roue des Bouchonniers…
– Eh bien, je serai là, au coin de la «roue» à partir de dix heures ce soir, pour la nuit s'il le faut… juge-moi comme tu veux… depuis que je suis en âge d'aimer, c'est un homme comme toi que je cherche. Et maintenant, je vais aller affronter la mer sans toi mais en pensant à toi…
– N'y va pas, conseille le Poulpe abandonnant son accent, c'est trop dangereux.
Jimmy s'immobilise, regarde Gabriel sans essayer de comprendre, passe une langue timide sur ses lèvres.
– Tant mieux !
Il court vers les vagues qui tendent leurs filets en rugissant de plaisir. Le Poulpe le suit un temps des yeux puis termine son article.
Il y apprend, ainsi qu'il le pressentait, que Gabriel Lecouvreur introuvable depuis l'incendie de sa caravane, pourrait être considéré comme le suspect numéro un.
– Et voilà pourquoi le neuvième, se dit-il. C'était Vambrechies qui manquait. Eux le savaient. S'ils ne l'ont pas revendiqué tout de suite, c'était parce qu'ils voulaient me faire porter le chapeau. Chapeau !

Des cris confus le tirent de ses réflexions. Une rumeur qui enfle : la plage est en effervescence.

Au bord de l'eau, des gens s'agitent dans le désordre. D'autres arrivent en courant des plages voisines. Parmi ceux-ci : Julian Gomez, son plagiste, Pilar Calvez et… Cheryl qui cherche Gabriel des yeux.

Une chaîne d'hommes se met en place, une chaîne de corps et de bras que la mer se charge bien vite de briser, refusant de restituer sa proie.

Au large des bouées, Jimmy se débat, lève un bras, disparaît à la vue, reparaît, projeté par les vagues. Le Poulpe se lève, lâche le journal dont les pages, entraînées par le vent, s'éparpillent. Quelques-unes se plaquent contre les ganivelles, s'y chiffonnent. Les autres s'envolent en torches loin, par-delà le parking, vers les amours clandestines… Toujours nu, le Poulpe s'approche de l'eau, évitant le groupe compact des curieux et des aspirants-sauveteurs. Au moment où il va se décider, Cheryl lui barre la route.

– Qu'est-ce que tu fais, Gabriel ?

– Il est en train de se noyer, tu le vois bien…

– Ça vaut peut-être mieux pour lui ?

– Non ! Ça ne vaut pas mieux. Ni pour lui. Ni pour moi.

Le regard du Poulpe est dur. Cheryl se mord les lèvres, s'écarte.

Pilar Calvez et Julian Gomez les observent, tendus.

Le gérant de la Cabane Bambou fait deux pas dans la direction de Gabriel. Son visage accuse plus de tristesse que de coutume.

– Faites ce que vous pouvez, je vous le demande !

Le Poulpe ne répond pas. Il inspire profondément et plonge. Sa tactique est simple : nager le plus longtemps possible en apnée, près des fonds, pour ne pas subir les effets des courants et passer la barre…

Sa brasse est souple, lente et puissante à la fois. Il s'interdit d'ouvrir l'œil : si la mer est mauvaise, la soupe, elle, est corrosive. Ses ingrédients risquent de lui faire perdre une partie de ses moyens en attaquant la cornée.

Lorsque Gabriel émerge, il n'est plus qu'à une dizaine de mètres de Jimmy. Le Poulpe se réoxygène et, cette fois, repart en crawl.

Sur la plage, c'est l'attente, le silence dans l'angoisse. Maria s'est rapprochée de Cheryl et de Pilar. Julian Gomez, à l'écart, décoiffé par le vent qui s'est renforcé, s'est agenouillé dans le sable.

Près du rivage, Gérard essaie de reformer la chaîne. Vainement. La mer ne le permet pas.

– Il faut y renoncer, dit le plagiste, complètement essoufflé. Gérard intervient.

– Y'a pas un jet-sit ?

– Trop compliqué. Ils seront morts avant…

– Qu'est-ce que c'est ces conneries ? Vous servez à quoi alors ? À masser les rombières ?

– Toi, la folle, tu te calmes !

Suffoqué, le Gros ! La folle ? Il laisse partir son poing avant de réfléchir aux conséquences. Le plagiste s'écroule. Les flots commencent à l'emporter. Gérard le sauve par le fond de son bermuda.

– Faut pas se fier aux apparences, p'tit gars ! Jamais ! Maintenant, on me conduit bien vite et bien sagement à un téléphone ou la folle va s'occuper de toi, et sans vaseline !

Le Poulpe approche. Lorsque Jimmy l'aperçoit, il essaie de s'éloigner. Plus rapide, Gabriel le saisit à bras-le-corps.

– Laisse-moi ! hurle Yeux Bleus. Je sais qui tu es…

– Je préfère ça, répond le Poulpe, en lui maintenant la tête hors de l'eau, sans le ménager. Tu pourras te noyer si tu veux mais d'abord il faut parler…

– Je ne dirai rien…

– Desriez, hurle à son tour le Poulpe espérant provoquer. Desriez, Dumoulin ! Ludovic ! Lafleur ! Esteban ! Villedieu !

À chaque nom, Jimmy répond « oui, oui », la rage dans la voix et dans les yeux.

– Oui, oui ! Et Firmin Malgache ! Et Vambrechies ! Tous ! Tous rue des Bouchonniers…

– Qu'est-ce qu'il y a rue des Bouchonniers ?

– Un bordel ! Un sacré putain de merdier de bordel ! Où ils espéraient prendre leur pied, jouer un peu au dur et puis se faire enculer ! Plus ils sont machos, plus vite ils ont envie de se retourner… C'est pas ton monde à toi, tu peux pas comprendre ! Rien !

Essoufflé à force de vouloir se faire entendre en essayant d'échapper à la mer qui le déborde, Jimmy perd le pouvoir de la parole.

Le Poulpe le saisit par les cheveux, l'emmène à la bouée la plus proche. Pendant le trajet, sa barbe, ses sourcils, ses cheveux répandent des traînées de rouge sur son visage et dans la mer.

Corps contre corps, nus l'un et l'autre, accrochés à la chaîne de la bouée, ils se mesurent du regard.

– Pourquoi ? demande Gabriel, dents serrées. Pour qui ?

– Pour le mépris ! Pour leur cracher ma haine…

– Mais qu'est-ce qu'ils t'avaient fait ?

– Je les hais. Si j'avais pu, je leur aurais arraché les yeux, rien que pour la façon dont ils me regardaient !

– Pourquoi tu pleures alors ?

Une vague les recouvre, les sépare. Une autre s'efforce de les tirer loin de la bouée. Le Poulpe résiste, ramène le gosse.

– Pourquoi tu pleures ? répète-t-il dans la colère.

– Parce que je voudrais mourir et que tu m'en empêches. Parce que je t'aime. Parce que j'ai honte.
De sa main libre, Gabriel prend Jimmy à la gorge.

– Tu m'aimes. Mais tu m'aurais emmené rue des Bouchonniers comme les autres… Et comment tu m'aurais liquidé, moi ? Comment ?

– Vas-y ! Serre plus fort ! Tue-moi…

Le Poulpe relâche son étreinte, impuissant, honteux de sa colère. Jimmy sent cette faiblesse subite. Il se rapproche.

– Allez ! lui dit Gabriel, calmé, accroche-toi à moi. On rentre !

– Non !

– M'oblige pas à t'assommer !

Jimmy se colle à lui.

– Embrasse-moi et laisse-moi mourir. S'il te plaît !

La mer ballotte les deux corps, qui se heurtent quelquefois. Violemment.

Une émotion déplaisante s'empare du Poulpe, une émotion qu'il ne peut endiguer, qui vrille en lui, le déchire. Pour la conjurer, il attrape la tête de Jimmy, effleure ses lèvres. Il le retient contre lui avec une tendresse qu'il ne maîtrise plus.

Jimmy, secoué de sanglots, se presse contre le Poulpe.

– Ils veulent ta peau. Ne rentre pas à la villa ce soir. Ils veulent ta peau et ils sont très puissants.

Le Poulpe le repousse.

– Qui ça, ils ? Qui ça, ils ?

Il le secoue en vain. Le jeune homme vient de s'évanouir.

Alors qu'il s'apprête à le ramener vers la terre, le Poulpe entend le bruit très assourdi d'un moteur. Il fait volte-face et voit, terrifié, un jet-sit qui fonce sur lui, semblant voler au-dessus des vagues.

Il se met sur la défensive, à l'abri bien précaire de la bouée. Mais le conducteur lui fait signe. Gabriel reconnaît Gérard.

– Tiens, lui crie-t-il. Prends le gosse.

– Et toi ? s'inquiète le Gros.

– Tu m'as pas vu. Tu sais pas où j'ai disparu. Dis à Cheryl et à Maria de pas aller à la villa. On se retrouve tous au cabanon de Rossi. Pilar vous expliquera… Me regarde pas comme un débile ! File tout de suite ! Et pas un mot, à personne !

Le jet-sit fait demi-tour.

Un instant, Gabriel récupère. Puis il reprend son crawl assuré, tranquille, avec le désir de nager jusqu'au bout du monde, sans penser à rien, le plus loin possible en tout cas de ce merdier où il s'est embourbé, à son corps défendant...

* * *

Le vent est tombé. La nuit est calme, obscure : aucune étoile ne luit dans le ciel assombri par des nuages lourds. Le temps reste à l'orage.

La villa trône au-dessus d'une nature sauvage. Orgueilleuse, mystérieuse avec ses murs crépis blanc écru, ses fenêtres à barreaux rococo, larges comme des meurtrières anamorphosées.

Quatre hommes, manifestement armés, surgissent du néant, porteurs d'une grande échelle. Il est deux heures du matin, le dix-huit août. L'endroit serait désert sans ces formes noirâtres à cagoule blanche.

L'échelle est posée contre le mur de la terrasse. Un des hommes disparaît vers l'arrière de la bâtisse. Un autre surveille aux abords de l'échelle que les deux derniers gravissent rapidement.

En haut, le store métallique est resté relevé. Les rideaux blancs, épais, s'entrouvrent légèrement, sollicités par la brise nocturne.

Les deux cagouleux sautent félinement sur la terrasse, pénètrent dans la chambre. Le lit est immense : deux mètres sur deux. Taches sur les oreillers, les chevelures rousse et blonde du

Poulpe et de sa compagne attestent de leur présence. Les hommes tirent en même temps, par deux fois : à la tête et au ventre. Sèches et incongrues, les détonations sont amorties par les silencieux. Le drap et les oreillers virent au rouge.

Satisfaits, les intrus repartent, mission accomplie. En bas de l'échelle, ils sont attendus par le troisième cagouleux qui donne un coup de sifflet bref pour rappeler le quatrième attaquant. Regroupés, ils partent discrètement vers la BMW garée à l'entrée du hameau.

Le véhicule descend en roue libre jusqu'au virage du Ponte Romano. Là, le moteur se met à ronronner puis s'emballe.

Il semble que rien ne se soit passé à la villa.

La BMW franchit le petit pont au creux de la vallée, emprunte l'embranchement de droite au carrefour. Tout de suite après son passage, un homme sort des broussailles, un talkie-walkie à la main.

– Ils ont pris vers Grimaud-Cogolin.

Le poste grésille, se charge d'un bel accent mi-provençal, mi-corse.

– Je les piste à partir de la départementale, sur la route de Maxime.

– O.K. Marcel ! répond le Gros. Tiens-nous au courant.

Il interrompt la connexion, se précipite vers une Espace Renault où se trouvent déjà quatre hommes armés, parmi lesquels Sanméo.

– Allons-y, dit ce dernier qui semble être le maître d'œuvre de l'opération. S'ils prennent par là, faut alerter les amis sur la route de Hyères…

La porte de la salle de bains s'entrouvre sur Maria et… Cheryl.

– Je crois qu'on peut faire le jour, dit la femme du Gros en commutant sans attendre.

La lumière jaillit dans la chambre. Cheryl frissonne en regardant son cadavre à côté de celui du Poulpe.

– Mince de tranche ! parodie-t-elle. Je préfère être à ma place qu'à la leur…

Maria tire les draps, découvre les mannequins.

– Ils sont peut-être coriaces mais pas bien malins ! Le coup des mannequins, c'est vraiment le b-a-ba…

– Ils pouvaient pas savoir qu'on serait prévenus. Merci quand même, Jimmy ! J'ai un peu forcé sur l'hémoglobine. Mais pour les cheveux, c'est nickel nickel…

– En tout cas, les draps, ils sont foutus…

Le rire complice des deux femmes est tout de même un peu nerveux.

– Gérard est en pétard, confie Maria.

– Ça rime, constate Cheryl, la tête ailleurs.

– Ouais, et trop souvent à mon goût ! Mais là, c'est à cause du Poulpe. Gérard pense qu'il devrait pas se montrer, qu'il est déjà suffisamment mouillé et que ça fait beaucoup de morts pour un seul homme…

– Certes, concède Cheryl. Il n'a pas tout à fait tort. Mais c'est quand il va au-devant des emmerdes que le Poulpe donne le plus dans le sublime !

* * *

Les mains du disc-jockey font crisser la platine. La sono explose.

– Ah non ! s'écrie une voix suraiguë. Pas ça ! Hou ! Elle est complètement rétro, celle-là !

– Elle est complètement trop, tu veux dire, rectifie la copine qui se déhanche superbe.

Les deux drag-queens, aras et paons tout à la fois, occupent la piste, emplumées et peinturlurées. Hiératiques même dans le sourire, Marlènes retouchées Dalida, elles posent, s'estimant trahies, humiliées.

– De la techno, merde ! proteste la première qui, dans l'indignation, retrouve des accents mâles.

Le D.J. ne se le fait pas dire deux fois.

– Pourquoi tu fais pas comme t'as envie ? reproche le barman.

– Parce que les queens, of course, ça règne ici, même en limite d'âge !

– Limite d'âge ? s'égosille celle qu'on appelle Miss Fit parce qu'elle plaît à n'importe qui et qu'elle déteste tout le monde. Tu parles de limite d'âge. Mais moi, mon chéri, je suis déjà dans le domaine public…

Une sonnerie. Le videur fait entrer Jimmy. Avec lui, un souffle d'air frais.

– Putaing ! on pourrait pas laisser un peu ouvert ? J'ai la raie du cul qui me sert de gouttière !

– Non, ma chatte, répond le videur à la drag marseillaise qui promène des seins siliconés découverts jusqu'aux pointes, ça effraie les voisins.

– Peut-être mais ça appâte les voyeurs et des fois…

– Ta gueule, Fifine ! laisse tomber.

– Et c'est toi qui vas me ramasser ? Bonjour les cauchemars… Oh ! voilà mon Jésus…

Ayant aperçu Jimmy, Fifine lui met le grappin.

– Viens technoter avec maman… Oh ! les yeux ! Mamma mia !

À l'aise ici comme ailleurs, Jimmy se prête sans réticence. En épousant le rythme, il affiche une expression farouche traversée de lueurs bleues.

Quand Jimmy danse…

Réfugié dans la musique, vivant note après note, il inspire respect ou dévotion, se protégeant du même coup, des agressions ordinaires en forme d'hommages.

Relâche. Le barman lui tend un gin tonic.

– De la part de qui tu sais.

– Il est où ? demande Jimmy, indifférent.

– Dans le fond.

Jimmy traverse la foule, verre en main, sans boire. L'homme qui l'attend, assis seul à une table, est barbu avec des cheveux très noirs, légèrement crépus.

– Assieds-toi, chante le pied-noir.

– Non !

Si la réponse est nette, elle est aussi sans dureté, accompagnée d'un joli sourire.

– Assieds-toi, insiste l'homme. J'ai un client pour toi. Voilà la photo…

– Justement. Je veux pas la voir. Même par curiosité.

Il pose son gin tonic sur la table.

– Et ça, tu peux te le garder. J'ai pas soif.

Le pied-noir se lève, approche son visage.

– Tu joues à quoi, là ?

– À rien. Je veux plus, c'est clair ?

– Petit.

Jimmy ôte gentiment la main que l'on vient de poser sur son épaule.

– Le petit a grandi, Roger. En quelques heures. Dis-le à qui de droit.

– Qu'est-ce que tu as, Jimmy ? Un coup de fatigue ? Je peux intervenir pour qu'on te laisse peinard un jour ou deux… Mais pas davantage. Il y a urgence, tu vois…

– Urgence ou pas, plus jamais !

– Tu galéjes ?

– Plus jamais ! Et si vous essayez de faire pression, tant pis, je parle… Je me mets à table comme vous dites, et sans appétit, tu peux me croire…

– Tu sais ce qui va se passer ?

– Je m'en fous ! Rembarre tes menaces, Roger. J'ai assez donné. Tu sais pourquoi j'ai plus peur ? Parce que vous me faites rire.

– J'ai des ordres, Jimmy. J'aurais de la peine mais je peux pas désobéir aux ordres.

Jimmy hausse les épaules, regagne la piste.

À nouveau, son regard se dérobe. Il tangue, point de mire des femmes comme des hommes ou des autres, émus par sa beauté, touchés par son mystère.

Le déchaînement de la batterie, solo sans cime, impénétrable, provoque l'hystérie des danseurs qui, saccade par saccade, se laissent attirer par Yeux Bleus. Bientôt foule compacte, fous et folles de techno communient dans cette musique primitive et rituelle.

Roger progresse. Il s'approche sans cesser de participer à la danse. Il écarte les gens adroitement, se déhanche tout contre Jimmy…

Quand le corps de Jimmy tressaille, c'est à contretemps. sa tête se renverse, portée par les danseurs. Ses paupières s'ouvrent sur un bleu assombri, dévitalisé par la violente mouvance des lumières.

8 – La secte erre

La BMW aborde en douceur la descente raide, bordée de chênes-lièges qui relie La Môle à La Londe en traversant la forêt du Dom.

Il est trois heures du matin.

Le chauffeur, moustaches blanches et sourcils noirs, jette un regard dégoûté sur ses compagnons endormis et décagoulés.

– Le sale boulot, c'est moi qui me le tape. Je prends tous les risques et eux, ils se reposent…

Il grogne, juste pour le principe. Il aime veiller sur les autres, aller au-devant du danger, jouer avec sa peur. Un vrai baroudeur. Comme son père, gendarme lui aussi, mort le 3 août 1959 après avoir sauté sur une mine.

– Mort pour la France en service commandé ! Parfaitement ! José Gomez, veuf avec deux enfants : Julian et Ramon. Ramon, c'est moi.

Il adore se parler à lui-même. Ça le tient éveillé. Ça lui donne l'impression qu'il s'estime, qu'il se comprend. Et le temps passe plus vite de cette façon.

Une Kawasaki le serre un peu trop depuis cinq minutes.

– Qu'est-ce y fout celui-là ? C'est pas l'heure pour frimer ! Bon, Ramon, tu fais pas de discours. On t'a dit de surveiller, alors tu surveilles... Faut pas être suivi, c'est la consigne. Bon. Y'a eu une Espace Renault qui t'a fait chier à la sortie de Cogolin. T'as noté le numéro. T'as laissé passer pour voir. Et t'as rien vu. Elle s'est barrée par la route des crêtes vers Bormes-les-Mimosas... Après ? Après ben y'a eu la 205 immatriculée 75. Un vieux et sa vieille qui roulaient peinards. Tu leur as filé le train pendant cinq kilomètres et tu t'es tiré...

– Mais à qui tu parles ? demande le mec devant en se retournant sur son siège.

– À moi ! Je me parle à moi et je t'emmerde ! Il met même pas sa ceinture, c'te bordille...

La moto se rapproche, klaxonne discret. Ramon slalome un peu pour faire marronner. Le motard double adroitement dans le virage. Crissement de pneus. Légère queue de poisson pour marquer le coup.

– Ah ! L'enfoiré !

Le motard lève le doigt à la verticale, long, épais, joliment symbolique.

– L'enfoiré ! répète Ramon. Il t'a bien eu, ce con ! Mais c'est un vrai de vrai, celui-là ! Un qui sait ce qu'il veut ! Pas comme ce grand singe dans son grand lit de deux sur deux avec sa poufiasse blonde, qui s'est fait dessouder mine de rien ! Ça me fait rire ! Qu'est-ce que ça me fait rire, un branquignol comme ce mec !

Il rit donc, un peu et puis il rêve. Il rêve, Ramon. Il rêve aux enfants qu'il n'a pas eus, aux femmes qu'il a larguées de peur de s'attacher, aux copains qui l'ont trahi par jalousie, à la famille qui n'a jamais accepté de le comprendre, à son frère Julian qui le méprise... À tant de choses si tristes et si chaudes au cœur en même temps que ses yeux finissent par s'embuer.

– Bon ! Et qu'est-ce que c'est ça maintenant ?

Ça, c'est un camion qu'il a failli ne pas voir et qui vient de lui couper la route en sortant d'un chemin de terre. Un camion appartenant ostensiblement à une entreprise hyéroise de travaux publics.

Une odeur de brûlé envahit la BMW. Ramon a donné le coup de frein du siècle. Sa calandre s'est arrêtée à dix centimètres du camion sans toucher le pare-chocs !

– Oh ! hurle Ramon, le clignotant, tu l'as eu en option ?

Dans la voiture, c'est le branle-bas : culs par-dessus têtes (*z'avaient qu'à mettre leurs ceintures*, se marre Ramon) furax et contusionnés, les ex-cagoulards s'entremêlent... Ramon défait la sienne (de ceinture), coupe le moteur dans le plus grand calme et descend.

Le camion coupable a stoppé un peu plus loin, confus semble-t-il à Ramon qui s'avance, sûr de lui, roulant les mécaniques à la John Wayne.

– Encore un de ces bouseux qui confondent la gauche et la droite comme quand ils vont aux urnes, se déclare-t-il réjoui par la comparaison.

La vitre du camion se baisse. Une main jaillit,

saisit Ramon à la nuque, le hisse pour projeter son visage contre le coin de la portière. Rude, le choc. Rouge, le sang qui pisse du nez. Tétanisé, le Ramon.

– Un seul pet de travers et je t'éclate la tronche. Du regard, Ramon fait comprendre qu'il a compris.

Dans la BMW, on s'ébroue et on s'impatiente.

– Discute pas, Ramon ! Fous-lui un pain dans la gueule et allons-nous-en ! On est pas en avance...

Marcel Rossi, c'est lui, le bouseux qui confond gauche et droite, fait signe de répondre.

– Ouais, ouais, grogne Ramon... Une petite seconde !

«Une petite seconde», c'est le code pour signifier que tout va mal, qu'il y a de la friture sur la ligne... Les trois hommes sortent de la BMW précipitamment, armes aux poings... Face à eux, six hommes et une femme, prolongés par des mitraillettes.

Garées alentour, l'Espace Renault, la 205 et la Kawasaki. Les cagouleux sans cagoule jettent leurs armes.

– On va monter avec toi, dit Sanméo à Ramon. Tu vas nous conduire où vous deviez aller. Tes potes, ils ont rien à craindre si tout roule. On les met juste un peu en conserve. Nous oblige pas à fermer les boîtes !

* * *

La BMW se range au bout de la grande allée entre une Mercedes et un coupé Audi. Au moment où Marcel Rossi, Sanméo, Gérard le Gros et le Poulpe tenant Ramon en respect avec la discrétion requise, sortent de la voiture, tous les cinq encagoulés, une Jaguar rutilante se faufile pour trouver une place près de l'entrée.

Isolée dans les environs de Dardennes, vieux faubourg de Toulon, la bâtisse peut dater du Moyen Âge période gothique avec ses portes majestueuses en bois sculpté, ses soubassements en pierre de taille, ses hauts murs à créneaux et sa bretèche truffée de meurtrières.

Sans doute, pense le Poulpe, *quelque châtelet ancien destiné à défendre l'accès aux portes de Toulon...* Mais Gabriel a, pour l'instant, des préoccupations moins culturelles. La Jaguar, il la connaît. C'est celle qui les a conduits, Cheryl et lui, à la villa Saint-Elme. Il pressent l'identité des occupants (un homme et une femme, ça se devine à la démarche) : Sybèle Morhange et son chauffeur... Le Poulpe garde cette découverte pour lui. Il pousse Ramon du bout de sa mitraillette, presque collé à lui, et pénètre dans la maison avec ses compagnons. La grande salle où se tient la réunion est déjà pleine de formes noires assises et encagoulées de blanc. Impressionnante avec ses ogives délicates bandées sous les voûtes austères, elle présente sur ses murs, des reproductions étonnantes : un morceau de *La fresque de Saint-Sabin*, *La Vierge au buisson* de Lochner et, au centre, *Le Jugement dernier* de Van der Heyden.

La femme à la Jaguar gagne l'estrade où elle s'assied à la droite d'une cagoule supérieure puisque agrémentée d'un lourd collier en or auquel est suspendue une grosse croix d'ivoire.

Enfin, sur le tissu qui descend de la grande table, est cousu un calicot bleu où peut se lire en lettres d'argent : «France neuve : l'espoir d'une nation».

– Ils sont rapides, les Toulonnais, murmure Gérard à Gabriel qui l'incite brutalement à se taire.

L'homme à la croix attaque promptement son discours.

– Chers amis, comme vous le constatez, nous avons dû avancer d'une semaine notre assemblée prévue le vingt-cinq août. Vous savez pourquoi. Mais, avant d'en venir à notre ordre du jour, je tiens à féliciter publiquement, sans les nommer puisque telle est notre règle, ceux d'entre nous qui ont aidé activement à l'application du plan d'assainissement voté ici même le vingt-cinq juin, immédiatement après la prise de la mairie de Toulon. Nous n'avons rien contre les homosexuels. J'en compte moi-même parmi mes amis. Mais, à condition que nous puissions un jour les répertorier soigneusement, et, dans un deuxième temps, les parquer dans des sortes de réserves analogues à celles que nos amis américains ont imaginées pour les Indiens...

Il toussote pour s'éclaircir la voix.

– Je rêve, laisse échapper Gérard. Pince-moi, Gabriel !

– Inutile, répond le Poulpe, mezzo voce. Tu n'as jamais été aussi éveillé. Je te l'ordonne !

– Nécessité fait loi, reprend l'orateur. Si la démocratie a toujours été notre préoccupation première et le support de notre idéologie, il est des libertés que nous nous refuserons à défendre dans la mesure où elles mettent en péril l'équilibre de notre société. Pardonnez-moi cette image : certains univers n'ont aucun intérêt à s'interpénétrer... Sous contrôle, les homosexuels s'épanouiront au mieux sans risquer de contaminer l'esprit et le corps de nos enfants. C'est pourquoi nous ne pouvons tolérer la pratique de la bisexualité. Elle dérange nos plans. Brouille nos cartes. Autorise tous les dérèglements. Ce comportement mi-voile, mi-vapeur est irrecevable, nuisible, immoral. Nous le combattrons sans pitié. La vie nous impose à tous une succession de choix. Il importe que ces choix soient mûrement réfléchis, certes, mais aussi qu'ils soient irréversibles... Je me réjouis de ce que nous ayons été unanimes à décréter l'élimination de ces *indécis* d'autant qu'ils contribuent à propager le virus du sida auprès d'une population qui n'a aucun motif de supporter ce genre de châtiment... Il fallait donc effrayer, c'est fait... Les neuf personnes n'ont pas été désignées au hasard mais de manière à diversifier les classes et les origines. Le bilan est encourageant : neuf morts spectaculaires, propres à la dissuasion. En ce qui concerne notre prochain objectif, le piège est déjà en place. Et, puisque nos exécutants ont réussi de surcroît à... désorienter les soupçons, nous devons à présent tirer profit de ces actions pour renforcer notre pression sur l'opinion publique ! Nos journaux, nos tracts, notre parole utiliseront désormais ces *horribles meurtres* pour stigmatiser l'insoutenable condition de ces bisexuels contraints à mentir, à simuler, à prendre des risques qui mettent leurs familles en danger dans le seul but d'assouvir leurs coupables désirs... La partie n'est pas facile, nous le savons. Mais quand la cause est juste, quand elle est grande, il n'est rien que l'on puisse négliger pour la faire triompher !

De spontanés et vigoureux applaudissements permettent au président de se rincer la dalle avant de poursuivre.

– Foin d'autosatisfaction ! Venons-en à notre ordre du jour : l'élimination de notre regretté camarade René Mouton-Marly... À ce propos, comme cette décision a été prise en urgence par notre comité directeur, nous vous devons quelques explications. Les voici : René Mouton-Marly, au moment précis où nous allions boucler la première partie de notre plan d'assainissement, sous le coup d'une passion subite, était sur le point de divulguer l'ensemble de notre stratégie, et précisément à notre prochain objectif : ce touriste corrézien arrivé sur la Côte il y a seulement quelques jours...

– Nom de Dieu ! glapit le Gros, mais c'est de moi qu'il parle ! Tu le savais, Gabriel ?

– Je commençais à m'en douter.

Gérard n'a pas le temps de réagir. La porte vient de s'ouvrir sur une cagoule pressée, se dirigeant à toute allure vers l'estrade, pour parler à l'oreille du président avant de repartir très vite.

Un léger murmure qui ne demande qu'à croître sinon à embellir flotte de-ci, de-là, chez les cagoules ordinaires. Murmure que l'homme à la croix d'ivoire tue dans l'œuf d'un simple geste de la main.

– Les choses, décidément, se compliquent. Vous n'êtes pas sans savoir que notre système d'assainissement repose sur une sorte de chèvre… Ce pivot vient de nous lâcher. Ce qui en soi est déjà grave. Mais, de plus, il menaçait de révéler notre existence et nos méthodes. Notre ami a cru bon, et son initiative est à louer, de le réduire au silence. Nous lui trouverons un remplaçant, c'est un petit problème… Pour en revenir à Mouton-Marly, sachez que nos spécialistes ont déjà épluché la mémoire du P.C. sur lequel il travaillait. Leurs conclusions sont formelles : nos travaux ne sont pas en danger. Avant de conclure, je donne bien volontiers la parole à ceux d'entre vous qui souhaiteraient intervenir.

La mitraillette du Poulpe s'enfonce dans les côtes de Ramon Gomez.

Une voix féminine s'élève.

– Monsieur le Président, sans être en désaccord avec le principe du plan d'assainissement, je me demandais si la mise à mort de Villedieu était bien indispensable. Les artistes sont gens à part. Ils ne peuvent servir d'exemples. Était-il opportun de frapper si haut ?

– Tout à fait ! Dans le métier du spectacle, la permissivité est excessive. Nous nous devions d'intervenir là aussi, et dans l'excès. C'est la façon la plus efficace de forcer l'adhésion du peuple.

N'épiloguons pas sur ce chapitre... Je propose donc de...

– Une petite seconde, s'il vous plaît...

Le Poulpe enfonce un peu plus son arme dans le dos de Ramon qui vient d'interrompre le président. L'homme à la croix d'ivoire a reconnu le code. Gabriel ne peut plus rien.

– Chers amis, nous venons d'être avisés de la présence dans cette assemblée d'éléments indésirables. Je demande instamment à ces intrus, dans leur intérêt, de bien vouloir se démasquer, sinon...

Il n'a pas l'occasion de terminer sa phrase. Une rafale le projette en arrière. Une autre fait voler le grand lustre en éclats. Les indésirables ont frappé...

C'est dans l'obscurité totale que la panique se propage. Sanméo, le Poulpe, Gérard et Rossi se hâtent vers la porte en emmenant leur otage et en donnant de la mitraillette pour imposer le respect.

Ils parviennent ainsi jusqu'à la BMW dont Sanméo avait conservé les clés. La voiture démarre. Elle est cueillie par un tir en rafales qui pulvérise le pare-brise et fait exploser le phare droit. Tête effacée, le Poulpe qui a pris le volant, tente une manœuvre dissuasive. Il fonce dans le tas, profitant du désordre : les cagoules blanches sortent en rangs desserrés de la bâtisse, aussi affolés que des grands-ducs d'un grenier enfumé. Fantomatiques et criailleurs, les oiseaux syndiqués de France neuve s'envolent vers leurs véhicules, battant l'air de leurs ailes effarouchées.

Gabriel oblique sec, écrase un peu çà et là, évite la grande allée, massacre les pelouses. De nouveaux tirs inscrivent une série de points-virgules sur la carrosserie de la BMW qui zigzague pour échapper à la fureur tonitruante des truands.

– Tout le monde est là ? s'inquiète le Poulpe.

– Ouais, répond Sanméo, mais appuie sur le champignon. Gérard est touché.

* * *

Après avoir remis le Gros entre les mains des trois femmes : Maria en larmes, Cheryl décontenancée, Pilar réaliste («Juste une écorchure. Deux jours à la clinique, il y paraîtra plus»), le Poulpe a repris le vélo sans prévenir ses compagnons de lutte. Là où il va, il estime devoir être seul.

Une demi-heure lui suffit pour rejoindre la route de l'Épi. La nuit se craquelle. La villa d'Alix de Saint-Ouen se découpe en gris sale sur le ciel encore sombre.

Les pins parasols sont attaqués à la cime par un vent naissant. Les grillons ont arrêté leurs chants. La mer gronde, pas si loin.

D'où il est, le Poulpe peut apercevoir la voiture devant le garage fermé. Il s'en approche pour toucher le capot comme il l'a vu faire dans une série télé... Le métal est froid. Les vitres sont embuées de rosée : personne n'est sorti cette nuit.

Vers la pergola, les bougainvillées frissonnent. L'eau de la piscine aussi. Les fenêtres sont entrouvertes sur les rideaux voletant... Comme à sa dernière visite, Gabriel décide d'aller y voir de plus près : par le même chemin. Avec encore plus de discrétion.

Aucune fraîcheur dans l'air, alourdi par les promesses d'orage.

Le Poulpe grimpe sur la grande terrasse, s'introduit dans la chambre inhabitée, passe dans le couloir, se met à quatre pattes pour tromper un adversaire éventuel.

Il progresse comme dans l'eau, avec des ralentis contrôlés, en retenant sa respiration.

Tout à coup, quelque chose ou quelqu'un lui saute au visage. Il se protège du bras, sent une méchante brûlure lui strier le bas de la nuque.

Il s'immobilise, pas très à l'aise, attend... Un frôlement près du mur l'intrigue. Le Poulpe bande ses muscles, prêt à bondir.

– Miaou, fait le chat en entrant dans la lueur de l'aube.

C'est un très joli minou, noir sur le corps, blanc quant aux pattes et au museau. Il s'approche comme pour se faire pardonner. Une caresse et le moteur se met en marche : un ronronnement proche du gloussement. C'est alors que Gabriel voit ce qui lui avait échappé au premier regard. Le museau blanc est tacheté de rouge : un rouge à l'odeur de sang.

Il se relève, fonce dans le living où il fait la lumière : Alix de Saint-Ouen gît, attachée aux supports d'haltères, les tripes à l'air.

* * *

Julian Gomez ne dort pas. Il est resté à la Cabane Bambou, a sorti un matelas, l'a posé sur le sable, à l'abri. Et il a regardé la nuit.

Julian Gomez a tout compris depuis le début... Que Maria ne reviendrait plus, que la folle moustachue était un leurre, que Pilar Calvez s'en irait bientôt et qu'elle ne cesserait jamais de le haïr, que le grand cinéaste italo-américain, c'était du pipeau, que l'abcès allait enfin crever... Que d'hier à aujourd'hui, sa vie changerait du tout au tout, que les méchants seraient punis, que France Neuve relâcherait la pression, qu'il pourrait enfin vivre comme il l'entendait, passé enfoui à jamais...

Il a tout prévu, tout deviné, sauf que Jimmy, *son* Jimmy serait la première victime... Et Roger, le pied-noir, son vieux copain, est là près de lui, messager tragique, nageant comme d'habitude dans le mélo...

– J'ai été obligé, Julian. Je te le jure sur le Christ. Fais ce que tu veux de moi...

– Je sais, Roger. Je sais... Prends un matelas, allonge-toi près de moi et regarde les étoiles. Regarde-les, Roger. Elles sont des milliards et des milliards, de toutes petites lumières sans vie, sans aucune raison d'être que leur beauté... Je les aime les étoiles, Roger. Parce qu'elles me rappellent chaque nuit que nous ne sommes que de passage, rien que des petites fourmis qui s'agitent sur une pierre ronde pas plus grosse que le poing.

– Julian, j'aime pas quand tu parles comme ça ! Je sais pas ce que ça cache. Si tu dois me tuer, faisle vite. J'ai encore un peu de courage...

– J'ai jamais tué personne, Roger… Mais j'en suis pas plus fier. J'ai laissé faire les autres. J'ai laissé les gens que j'aimais se souiller, se déshonorer, et j'ai rien dit… Et maintenant Jimmy, Jimmy qui était toute ma vie… J'ai toujours été triste, tu vois. C'est fini. La mort de Jimmy a tué ma tristesse. Tu es un homme de bien, Roger. Tu as fait ce qu'on te demandait, malgré toi… Et tu viens vers moi pour le châtiment…

– Julian ! Mon courage s'en va… Je ne réponds plus de moi…

– La nuit est belle, Roger, comme toujours après mistral.

– Julian !

Julian Gomez se lève, ôte son tee-shirt, son maillot, les jette sur le sable.

– Déshabille-toi. Nous allons nager ensemble, loin, vers le large, côte à côte, comme il y a longtemps, comme avant que tout commence.

Roger obéit. Il abandonne ses vêtements, s'essuyant machinalement le visage et le corps. Il veut aller dans l'eau net, propre, sans cette sueur qui trahit sa peur…

Les deux hommes nagent lentement, prennent leur temps. Ils se parlent à mi-voix, souriants, amis retrouvés. Ils se parlent du passé, de José Gomez, père de Julian et de Ramon, qui a sauté sur une mine un matin pareil à celui-ci, dans les environs d'Oran.

– Tu venais d'avoir ton bac, non ?

– L'année d'avant. Quand il est mort, j'avais dix-neuf ans.

– C'est vrai que tu es né le jour de l'appel de de Gaulle ?

– Le 18 juin 40, oui ! Ma mère disait toujours que ça avait influencé mon destin... Mais tu la connaissais : elle croyait pas aux coïncidences. Elle lisait dans les cartes...

– Elle est morte quand, Amalia ?

– Tu étais déjà parti. Juste avant qu'on rentre en France. Elle comprenait rien à ce qui se passait. C'était une femme de cœur. Elle vivait pour les autres sans se demander de quelle race ils étaient... Elle est partie comme ça... le chagrin... l'impuissance... Elle supportait pas de nous voir ennemis, Ramon et moi.

– Il avait rejoint l'O.A.S. ?

– Tout de suite. Ramon était gendarme, tu sais, en souvenir de papa. À défendre l'ordre, il a fini par croire que cette terre lui appartenait...

– Et toi ? T'étais quand même pas pour les Algériens ?

– Pour eux, non. Je leur disais : votre idéal, ça date de 1789, c'est des conneries ! L'indépendance, ça vous apportera que désillusions et fanatismes... J'étais pas pour eux mais j'étais avec eux.

– Ramon pensait que tu avais trahi...

– Il pouvait pas penser autrement. Et les Algériens, eux, ils me traitaient de réactionnaire... Personne ne me comprenait.

Il regarde au loin, Julian Gomez, vers l'horizon qui s'éclaire par secousses, surprenantes parce que la vie donne l'illusion de la continuité et que nos sens sont trop faibles pour la percevoir. Il regarde vers l'horizon, en direction de cette terre d'Afrique qu'il a dû abandonner trop tôt et qu'il chérit encore.

D'un mouvement des reins, aussitôt imité par Roger, Julian se coule dans la profondeur, ouvre les yeux, retrouve ses émotions d'adolescent.

Les petits poissons qui, dans la nuit, ont repris possession du territoire, essaient de profiter encore un peu. Ils musardent à la recherche d'une nourriture oubliée, se croyant libres, loin de tout danger, heureux de sentir une présence amie : ces deux corps lisses comme eux, qui flottent comme eux, à leurs côtés, dans cette eau calme, légèrement miroitante.

Visage déformé par la pression, isolé dans la mer, Julian se souvient.

Ramon avait été muté à Toulon. Julian et lui, à leur arrivée en France, fidèles au brûlant soleil oranais, avaient choisi la Côte d'Azur parce que, disaient-ils, c'était là que l'ombre était la plus dense.

Julian qui pouvait prétendre au fonctionnariat, avait préféré les métiers saisonniers (serveur, plagiste, vendeur) qui lui offraient de longues et goûteuses périodes de farniente consacrées à ses trois passions : la lecture, la nage et la drague sans distinction de sexe.

La lecture le cultivait. La nage l'avait rendu beau. Sa disponibilité sexuelle lui apporta la popularité.

Il n'eut bientôt plus besoin, comme il se plaisait à le dire, de se salir les mains avec les restes des autres… Recevant de l'argent des femmes et des hommes, célèbre jusqu'à l'étranger, il se fabriqua une existence peinarde, mais modeste car il n'aimait pas en installer. Il vécut ainsi dans une sorte de renoncement stérile, sans bonheur véritable, serein, indifférent, jusqu'au jour où il rencontra Viveca Stiller, professeur de culture physique à Stockholm, en vacances sur la Côte.

Coup de foudre réciproque. Passion exclusive. Le mariage fut célébré le 15 septembre 1970 en l'église de Ramatuelle. Cinq ans plus tard, ils étaient parents de deux enfants : Marilyn et Jimmy, appelés ainsi en hommage à Monroe et à Dean, idoles des époux.

Blonds comme leur mère, Marilyn et Jimmy avaient hérité des yeux bleus Méditerranée du papa. L'attention excessive et exclusive que Viveca portait à ses enfants affaiblit peu à peu son amour pour Julian.

Et Julian reprit ses habitudes d'avant le mariage. C'est alors qu'il rencontra le jeune Roger devenu son amant, puis son copain.

Viveca Gomez mourut le 18 juillet 1982, près de La Garde-Freinet. Mais ceci est une autre histoire…

Roger et Julian émergent ensemble, au bord de l'asphyxie.

– Tu m'as pas battu cette fois, s'écrie Roger, tout fier.

– C'est parce que je pensais plus à toi… Sinon…

– On recommence ?

– Garde tes forces, Roger…

Le soleil pointe son museau au ras de la mer, allume le regard bleu de Julian, caresse l'eau toujours calme et va incendier la plage, déjà lointaine.

Roger comprend que le temps des confidences est passé. Il se retourne vers la côte, histoire d'éprouver cette sourde jubilation à voir la vie renaître une nouvelle fois. Une dernière fois ?

Julian et Roger repartent vers le large et, comme s'ils se lançaient un défi, ils amorcent un crawl puissant, se fondent peu à peu dans la mer, mangés par le soleil qui monte.

* * *

Samedi 19 août 1995.
Huit heures et demie du matin.

Le Poulpe gravit les derniers mètres qui le séparent du hameau des Brugassières. Un peu plus haut, en pleine campagne, il abandonne son vélo et pénètre dans la villa sans la moindre précaution.

La Jaguar est garée devant l'entrée.

Porté par une rage incoercible, quasi primitive, le Poulpe traverse le hall au pas de charge.

Sybèle Morhange l'attend au salon, revêtue d'un déshabillé transparent, fume-cigarette à la main, hyper décontractée.

– Monsieur Lecouvreur ! Vous auriez pu vous prénommer Lazare... Tant qu'à faire ! Ce doit être épatant de ressusciter à la demande sur un simple claquement de doigt ! Voulez-vous un verre avant... Avant quoi au fait ? Avant de me tuer ? Non, vous êtes trop bien-pensant...

Gabriel est à court de réponse. Cette femme lui paraît si monstrueuse qu'il ne souhaite que disparaître, rejoindre Cheryl et les autres, se noyer dans un climat sain et joyeux.

– Ainsi vous croyez avoir tout découvert ? Et vous déboulez chez moi avec une assurance… un peu tristounette à ce que je vois. Je vais vous donner les explications que vous attendez. Je vais vous les donner puisque, aussi bien, vous ne pourrez plus les communiquer à personne, sans espoir de résurrection cette fois.

Devinant une présence dans son dos, le Poulpe fait volte-face. Karim lui sourit, révolver muni d'un silencieux pointé à hauteur de poitrine.

L'absurdité de la situation réveille l'humour de Gabriel.

– La dernière fois que je vous ai aperçu, vous étiez moins habillé mais tout aussi empressé…

– Ne vous fatiguez pas, mon cher Jeff ! Karim est muet. Comme une tombe… (Elle éclate de rire, satisfaite.) C'est l'exécutant idéal : il ne sait pas non plus écrire… Son rayon, c'est la mise à mort. Oui, voilà ce qui manquait à vos conclusions : Karim est à moi et c'est lui qui était chargé d'exécuter… Contrairement à ce que vous croyiez… J'acceptais de le prêter à Alix pour ses désirs multiformes…

– Pourquoi l'avoir supprimée ?

– Supprimer Alix ? Ça ne prend pas mon petit bonhomme ! Votre bluff est inutile… Alix de Saint-Ouen dort chez elle comme il sied à une belle dame qui vient d'éprouver une belle et bonne jouissance…

– Elle dort, oui. Pour toujours. Les tripes à l'air…

Sybèle Morhange se trouble. Elle écrase sa cigarette dans le cendrier, interroge le Poulpe du regard.

– Les gens comme vous, Sybèle, ignorent que la pensée et l'action ne doivent faire qu'un. Les gens comme vous ont peur de se salir les mains. Alors, ils ont recours à des spécialistes et ces spécialistes sont, souvent assez... spéciaux. Karim ne peut pas parler ? Vous vous trompez. Ses yeux vous le disent. Il a pris goût au meurtre, tout simplement. Ce soir, la petite scène de sadomasochisme s'est prolongée au-delà de la belle et bonne jouissance. Vous et les vôtres, vous serez toujours dépassés par ce que vous mettez en œuvre...

Sybèle rallume une cigarette.

– Quand ils vont trop loin, nous les éliminons eux aussi... Nous sommes plus organisés que vous ne l'imaginez. Il y a tellement de gens perdus, paumés qui rêvent de servir à quelque chose, de marquer leur passage sur cette terre, prêts à tout pour se donner une raison de vivre... On les cueille à pleines mains. Votre petite Marilyn par exemple... Marilyn qui vous a suivi depuis votre visite (quelle maladresse !) à la veuve Dumoulin. C'est une fille formidable, vous savez, d'ailleurs vous avez pu en juger... Nous vous avons manœuvré dès le début et comme nous le souhaitions et je dois dire que vous nous avez donné le spectacle de façon magistrale. Ah ! Vous étiez impayable en cinéaste italo-américain...

Le Poulpe essaie de se placer entre Sybèle et Karim. Il guette la fenêtre mais le Marocain ne le quitte pas des yeux.

– Ne vous donnez pas tout ce mal, ironise Sybèle. Puisque vous avez compris que la passion de Karim était de tuer, vous devez comprendre aussi qu'il ne laissera pas s'échapper sa proie. Demandez donc à l'araignée de libérer sa mouche… Nous n'avons plus besoin de vous. Je ne pense pas prendre un plaisir exceptionnel à vous voir mourir. Vous n'êtes pas plus malin que les autres, tout compte fait. Pas plus malin que tous ceux qui se sont fait piéger par Jimmy. D'accord, vous avez plus de classe, plus d'authenticité… Notre *incorruptible*, notre *machine à séduire* s'y est laissé prendre. Il est tombé amoureux de vous. Je suis sûre d'ailleurs que vous auriez succombé vous aussi… si nous n'avions pas été contraints de supprimer ce beau jeune homme…

Un coup de feu, sec. La balle a percuté la gorge de Sybèle Morhange. Le sang, en giclant, s'est répandu sur le déshabillé.

Karim est aux aguets. Il ne parvient pas à situer d'où est venue l'attaque. Il n'a pas le temps de s'interroger. Un deuxième et un troisième coup de feu retentissent. Le Marocain s'écroule, atteint à la tête et au ventre.

Le vent a forci. Les rideaux du salon s'enroulent autour d'une forme blanchâtre.

Le Poulpe, interdit, voit s'avancer vers lui un fantôme en larmes, secoué de sanglots.

– Jimmy n'est pas mort, dit Marilyn, il faut venir le voir.

9 – La main dans le sac

Samedi 19 août. Treize heures.
Le cabanon de Marcel Rossi.

Les cigales bien sûr. Plus que jamais. Mais aussi le bruit, très lointain, d'un tracteur revenant des champs, les appels des mères pour le déjeuner, et les cris des enfants qui se hâtent en s'asticotant les uns les autres.

Attaché à la chaise même, où, le 31 juillet, Marcel Rossi découvrit le cadavre amputé de Firmin Malgache, Ramon sanglote.

Sanméo ne l'a pas épargné : gifles, coups de boule, coups de pied, strangulations poussées jusqu'aux abords de l'asphyxie. Ne manquait que la gégène. Il avait suffi de la montrer. Ramon était devenu… coopératif.

– Le SAC m'a contacté à mon arrivée en France. Mon frère Julian en faisait déjà partie. Il a craqué quand de Gaulle s'est tiré.

– Qu'est-ce qu'on vous demandait ?

– De répondre présents lorsqu'il fallait rétablir l'ordre.

– Comme gendarme, s'énerve Sanméo, ça te suffisait pas ?

– Non. Moi, ce qui me plaît, c'est l'action. L'action au service de l'ordre moral, le vrai…

– Tu te prends pour Jacques Massié ? T'as vu comment ça s'est terminé ?

– Non. Moi, j'ai pas d'ambition. Et pas de famille non plus. Ce qui lui est arrivé à Massié, je l'aurais pas souhaité : massacrer six personnes comme ça, presque sans raison… Non, la tuerie d'Auriol, j'y aurais jamais participé !

Le Poulpe s'approche de Ramon, visage rongé par le dégoût. Un dégoût qui ne le quitte plus. Mais aussi, sans qu'il s'en défende, il ressent une sorte de pitié.

– Ton frère, reprend Sanméo, tu l'as laissé démissionner sans intervenir ?

– Je le surveillais. On me l'avait demandé.

– Pourquoi ?

– Il habitait près d'un hameau vers la Garde-Freinet. Pas loin de là où la famille Massié a été enterrée. Viveca, la femme de Julian, aurait pu voir quelque chose. Rien n'était sûr mais ils ont pas voulu prendre le risque. Ç'a été un bel accident. Du travail de pro : traces de coups de freins sur la route en haut, dérapages, comme si une voiture l'avait empéguée et s'était tirée…

– Julian ?

– Il connaissait les méthodes. Il pouvait pas donner dans le panneau.

– Alors ?

– Il a fait semblant pour avoir la paix. Après ça, il a changé. Au SAC, ils avaient peur qu'il déballe tout. Ils l'ont collé à la Cabane Bambou et ont pris les enfants en otage…

– Les enfants, demande le Poulpe ébahi, quels enfants ?

– Ben, Marilyn et Jimmy. Ils avaient autour de dix ans. On leur a payé leurs études, on les a formés. Ils savaient que Julian était coincé et puis, peut-être que ça les amusait… Ils se sont mis à le mépriser, Julian, dès qu'ils ont eu l'âge.

Le Poulpe s'assied sur le bord de la table, ramasse le couteau qui traînait là, se cure les ongles machinalement. Marcel Rossi prend le relais.

– Mais putain ! C'était plus simple de le descendre au lieu de pervertir des mômes !

– On pouvait pas... Julian nous a fait comprendre qu'il avait des documents, des trucs compromettants. En plus, il était copain avec Mouton-Marly...

– Quel genre de documents ?

– Ben on savait pas trop. Ils craignaient la connexion avec la bande à Massié... La mallette... Il pouvait avoir des photocopies... Y'avait Jimmy... Jimmy et Marilyn. Alors, il se tenait peinard. Mais les documents existaient peut-être en lieu sûr... Alors, ça continuait comme ça...

Le Poulpe coupe le magnétophone.

– Je peux avoir à boire, s'il vous plaît ? murmure poliment Ramon.

– Et puis quoi ? se met à hurler Marcel, hystérique tout à coup. Je t'écoute, je t'écoute et je comprends pas pourquoi je t'ai pas encore sorti les tripes. Pourquoi je te les ai pas sorties, tes tripes, bout par bout. Pourquoi je te découpe pas avec mon canif pour que ça aille moins vite ! Mais qu'est-ce qu'il t'avait fait, Firmin, boun diou de boun diou !

Il frappe le mur avec ses poings, sanglote, hurle encore.

– Qu'est-ce qu'il t'avait fait, Firmin ? Tu vas nous le dire ?

– À moi rien... C'était les ordres. Tous ces mecs,

on en voulait plus. On les piégeait avec Jimmy ou avec Marilyn et Karim, il faisait le reste... On voulait assainir la Côte... Donne-moi un verre d'eau, Marcel...

– De l'eau ? Parce que tu bois de l'eau, toi ? Tu préfères pas que je me coupe un peu les veines, que je te donne mon sang à boire, salope !

– J'ai pas compris, Marcel ! J'ai pas compris. Je pensais qu'à l'action, qu'à la propreté, à une vie plus saine...

– Les Allemands aussi travaillaient pour ça...

– Je suis pas un nazi ! Tuez-moi mais m'insultez pas... Le poing de Sanméo s'abat sur la nuque de Ramon. Il n'a pas pu s'en empêcher. La chaise se brise sous le coup. Le corps de Ramon Gomez reste accroché aux morceaux, disloqué, lamentable.

– Ça suffit, dit sèchement le Poulpe. Ça suffit comme ça. On a ce qu'on voulait.

Il redresse Ramon tant bien que mal, coupe ses liens.

– Lève-toi.

Il va lui chercher un verre d'eau, le lui tend. L'autre avale d'un trait.

– Écoutez-moi bien, vous autres : y'a eu assez de dégâts, dit le Poulpe. Maintenant, on va le laisser tranquille. On va même lui donner une chance.

– Mais tu débloques, Gabriel ! Tu crois qu'il nous oubliera ?

– Bien sûr qu'il nous oubliera, affirme le Poulpe à Marcel. Et nous l'oublierons aussi. Tout s'oublie. Demain, à la maison de Dardennes, il n'y aura plus de traces de sang, plus d'impacts sur les murs, il y aura une vraie famille avec des enfants et des vieux… Et personne n'aura entendu parler de rien… Le président du bordel aura été victime d'une attaque cardiaque et les blessés d'un accident de la circulation. Je me trompe, Ramon ?

– C'était prévu un peu comme ça, en cas de pépin…

– Alors, Ramon, tu vas nous signer un papier où tu reconnais que c'est bien ta voix sur le magnétophone, que tu ne renies rien de ce que tu nous as dit, que tes aveux sont spontanés… Seulement, ajoute le Poulpe, on oublie aussi Marilyn. Et là, je m'adresse au gendarme : Karim a tué Alix de Saint-Ouen et Sybèle Morhange dans un accès de folie et vous, enfin, la justice, l'ordre, tout ce que tu voudras, vous avez été obligés de l'abattre…

– D'accord, dit Ramon, l'œil fuyant. Y'a pas d'obstacles. Ça tient la route. Si vous voulez, je dirai que c'est moi. Je sais où elle est, la pétoire…

Pour la première fois, il lève la tête, regarde le Poulpe au fond des yeux.

– Même si tu penses que ma parole, elle vaut pas grand-chose, je te la donne. Je ferai ce que tu m'as demandé. Je m'occuperai des enfants. Je le jure sur ma vie…

Il tend la main à Gabriel par réflexe. Le Poulpe observe cette main offerte. Une main tout à fait ordinaire, pareille à celle de millions d'individus, une main où rien n'est visible, pas même l'infamie.

Il se détourne.

– Oh ! fait Marcel. On va vraiment le regarder partir sans même lui casser un peu la tronche ?

– Arrête, dit calmement Sanméo, laisse tomber, Marcel. Qu'il signe son truc et qu'il se tire. Mais vite !

Le Poulpe ouvre la porte du cabanon. Le soleil pénètre timidement dans la pièce, éclaire le seuil presque à la verticale. Ramon Gomez avance dans la lumière, aspire une bouffée d'air puis disparaît, comme à regret. Sanméo range le matériel. Marcel Rossi essuie ses larmes du revers de la main, se mouche dans le vide.

– Bon ! dit-il en frottant ses mains sur son bleu, si c'est comme ça, moi, je me boirais bien un petit pastis. Ça vous dit ?

– Pourquoi pas ? répond le Poulpe.

* * *

Même Jour. Dix-neuf heures.
Clinique de l'Oasis.

Accompagnée de Pilar Calvez, Cheryl sort de la chambre de Gérard à qui on vient de changer les pansements. Les deux femmes ont jugé adroit de les laisser en tête-à-tête, Maria et lui. Ils ont sûrement des choses à se dire.

Une très belle et très jeune infirmière trottine dans le couloir. Cheryl semble intriguée. Pas longtemps…

– Mademoiselle Marie ?

– Oui, dit la fille, on se connaît ?

– Pas vraiment. Mais la description qu'on m'a faite de vous était si précise...

Marie hausse les épaules comme si elle avait affaire à une folle et entend poursuivre sa route.

– Attendez, insiste Cheryl, ça gagne combien une infirmière par les temps qui courent ?

– Non mais ! fait l'autre.

– Je veux dire avec les suppléments genre je te drogue un peu au... coup par coup...

– Je vous demande pardon ?

– C'est le moins que vous puissiez faire, espèce de morue ! Je suis la femme de Gabriel Lecouvreur, ça vous rappelle rien ? Et France Neuve, vous connaissez ?

– Pas du tout ! Mais vraiment pas ! Je fréquente pas les sectes. Mon ami me l'interdit... Gabriel Lecouvreur, vous avez dit ? C'est pas le petit rondouillard à qui on a enlevé un testicule il y a une dizaine ? J'espère que l'autre fonctionne bien...

– Je vais m'la faire, c't'illuminée, hurle Cheryl en brandissant son sac.

Pilar la stoppe.

– Filez, ordonne-t-elle à Marie, n'aggravez pas votre cas.

– Et qu'est-ce qu'il a mon cas ? demande effrontément l'infirmière.

– Ça va, gronde Pilar, du vent !

– Mais qu'est-ce que vous avez à faire autant de tapage ? Et dans une clinique en plus ! intervient Maria que les cris ont alertée.

– C'est rien, ma poule ! Je règle mes comptes, répond Cheryl, apaisée. Mais tu pleures, toi...

– Eh ben, remarque Pilar, tu as du chagrin parce que ton homme est tiré d'affaire ?

– Je vais finir comme madame Suzanne, à user mouchoir après mouchoir.

– Il va plus mal, Gérard ? demande le Poulpe qui surgit. Ou c'est encore le souvenir de *Mayerling* ?

– Non, non, il va... Mais il m'a dit qu'il m'aimait. Ça m'a fait un choc. J'ai craint une rechute...

Comme Pilar baisse obstinément la tête, Maria se rapproche.

– Allez ! Esteban, c'est du passé. Belle comme tu es... N'oublie pas que, chaque matin, on doit choisir entre la vie et la mort...

– Bien que je sois de ton avis, dit gentiment le bel ange, fiche-lui la paix à Pilar, hein ? Puis se tournant vers Gabriel, j'ai croisé Marie...

– Qui ?

– Marie, la très vieille et très laide Marie...

– Oui ben c'est pas le moment, coupe le Poulpe, agacé.

Il plante là sa chère île, pénètre dans une chambre.

– Et en plus, il se rue chez Marilyn !

– Dis, c'est pas parce qu'on est dans une clinique que tu vas finir parano, lance Pilar qui s'est reprise. À la niche, les chiennes !

La pluie bat les carreaux, soudaine, violente.

Allongé sur le dos, Jimmy ne survit qu'à coups de perfusions. La lame de Roger a frappé haut. Elle a glissé sur une vertèbre et s'est enfoncée dans la moelle épinière.

Immobile et absent, le visage s'est délesté de cette inquiétude tenace qui le vieillissait en crispant ses traits. Il n'a jamais paru aussi jeune. Il n'a jamais été aussi beau. À son chevet, Marilyn, durcie, grise, ne ressemble en rien à l'auto-stoppeuse désinvolte, encore moins à la naïade délurée.

– Bonjour Aristide, lance-t-elle en souriant tristement.

Gabriel reste silencieux. Une sorte de malaise diffus l'empêche de répondre et même de regarder vers la jeune fille. La gêne s'installe. Après un temps, le Poulpe se penche sur Jimmy, lui caresse la joue tendrement.

– Vous ne serez pas inquiétés, ni Jimmy ni vous. Nous avons fait le nécessaire.

– Monsieur est bien bon ! Si vous saviez ce que je m'en tape. Vous verriez une différence s'il était en prison ?

– Oui. Vous ne seriez pas près de lui.

– Touchée.

La gêne revient.

– Je ne quitterai cette chambre, dit Marilyn, le front buté, que lorsqu'il sera guéri, ou mort…

– Les médecins lui laissent une chance ?

– J'ai rien demandé. J'ai trop peur…

– Peur, vous ? Vous vous foutez de moi ?

– J'ai changé, Aristide ! On a vécu tout ça comme un jeu, Jimmy et moi… Dur, le réveil… Et la prise de conscience, ça n'arrange rien.

– Je vous ai dit que vous ne risquiez plus rien.

– Vous avez fait ça pour lui ou pour moi ?

– Ce serait la même chose… Non. Je l'ai fait pour une certaine Viveca Gomez…

– Vous savez pour Julian ?

– Oui.

– On a retrouvé leurs corps, à Roger et à lui, en pleine mer, à dix kilomètres de la côte, accrochés l'un à l'autre comme s'ils venaient de faire l'amour. Tordant, non ?

– À mourir de rire, réplique le Poulpe sans la regarder.

Il revient vers le jeune homme, qui ne peut plus l'entendre désormais.

– Pourquoi tant de haine, Jimmy ?

– Il n'avait pas le choix, commente Marilyn sans dureté.

– Je sais. Mais une telle sauvagerie ! Comment a-t-il pu accepter cette complicité ? Il était conscient tout de même !

– Conscient et lucide. Et déterminé. À cause de Julian.

– Vous ne pouvez pas dire mon père ou papa ?

– Justement non. Je peux pas. J'ai jamais pu. Jimmy non plus. Encore moins. Il supportait pas de le voir coucher avec d'autres garçons…

– Les filles, il s'en foutait ?

– Voile et vapeur, il détestait l'idée… Ça tombait plutôt bien pour ce qu'on lui demandait.

– Vraiment ?

Le Poulpe regarde enfin vers Marilyn. Elle se trouble, rougit. Un peu de coquetterie lui revient.

– Il le disait trop souvent pour le penser… En fait, la raison, je sais pas si je dois en parler… (Elle hésite, se décide brusquement.) Un soir, Julian a essayé avec Jimmy…

– Et alors, demande rageusement le Poulpe, il avait peur de se faire faire un enfant par son père ?

Les larmes montent aux yeux de Marilyn.

– Vous débloquez ou quoi ?

– Ah ! Pardonnez-moi ! Cette liberté d'un côté, cette liberté meurtrière et de l'autre, des réflexes petits bourgeois… Tout ça me paraît tellement… tellement stupide ! Inutile !

Il s'empare de la main de Jimmy, la serre dans les siennes avec force.

– Il n'était pas prêt pour ces conneries. On lui a volé son adolescence, dit Gabriel.

Marilyn se lève, va à la porte qu'elle entrouvre.

– Allez-vous-en ! lance-t-elle sèchement. Vous n'avez plus rien à faire ici. Et surtout pas à vous inventer des remords, c'est lamentable !

Le Poulpe la rejoint.

– Salut, Marilyn !

– Adieu, Aristide…

– Les gens qui m'aiment bien me disent le Poulpe.

Marilyn hoche la tête.

– Toi, il t'aurait aimé. Avec toi, il aurait pu régler ses comptes, se sortir de cette putain de compétition contre Julian. C'était nul ! Allez, tire-toi… le Poulpe…

Il lui sourit, jette un dernier regard en direction du lit, par-dessus l'épaule de Marilyn. Le frère, la sœur, troublante gémellité…

La porte se referme sur les beaux yeux bleus de Jimmy, fixes, écarquillés vers le néant.

* * *

Mercredi 6 septembre 1995.
Au large de la baie de Gigaro.

Un peu de tourisme pour attendre la guérison complète de Gérard : cartes postales pour madame Suzanne, une longue lettre à Angélina Dumoulin lui annonçant une prochaine visite, de douces siestes amoureuses dans un hôtel de Saint-Jean-Cap-Ferrat, siestes favorisées par une pluie incessante, finalement chassée par le mistral. Beau temps revenu, Gérard a loué un Fiat Genius (35 open) dans une agence de Maxime.

Le bateau file ses six nœuds en pilotage automatique. Gérard surveille l'avancée vers la côte sur le traceur G.P.S.

– Ça va ?

– Ça va, le Poulpe ! Juste un petit quelque chose dans l'épaule gauche…

– Je te parle du bateau, eh patate !

– Ça m'étonnait aussi. Ouais, ça passe à l'aise. Pour qui tu me prends ?

Cheryl, redevenue blonde, se laisse aller au roulis en lisant le journal du coin.

– Du neuf ? demande Maria, les mains dans le panier à sandwichs.

– Des accidents, des meurtres, des fugues, des attentats, la guerre un peu partout… Une journée ordinaire, quoi !

– En tout cas, une belle journée, dit le Gros, fier de lui. Un beau soleil pour fêter notre retour à Paris.

– On peut le voir, ce canard ?

Le Poulpe tend une main paresseuse en bâillant de faim. Cheryl veut lui passer le journal mais, en un geste maladroit, elle laisse échapper les feuilles qui s'enchevêtrent et finissent leur voyage dans la mer.

Du bateau qui a déjà pris du champ, on ne risque plus de lire le titre choc : *« Assassinat d'un père de famille dans les environs de Perros-Guirrec. Il passait ses vacances en solitaire... »*

Ils l'apprendront bien assez tôt, pense Cheryl en distribuant les sandwichs.

– Tu vois, Gabriel, essaie de conclure Gérard, dans ce merdier ce qui me fait le plus marronner, c'est qu'ils se sentiront plus jamais tranquilles...

– Mais de qui tu parles ? gronde Maria.

– Des mecs qui allaient faire leurs petits trucs derrière le parking...

– Tu crois qu'ils vont culpabiliser ? demande Gabriel.

– Ils vont culpabiliser peut-être mais surtout ils auront les jetons ! Putain ! Tant qu'on aura pas compris que la liberté de chacun passe par celle des autres, qu'elle vaut bien quelques sacrifices...

Il se fait copieusement huer. Surtout par sa femme.

– Oh ! Gérard ! L'épaule, ça va mieux mais la tête, ça s'arrange pas... Quant à ta phrase sur la liberté, je te la ressortirai, tiens, pas plus tard que quand on ira choisir les rideaux pour la maison de campagne...

– Très bien ! Si tout le monde est contre moi, j'ai plus qu'à me foutre à l'eau...

– Précisément, intervient Cheryl, ça m'intéresserait qu'on se pose un peu. J'aimerais visiter les fonds sous-marins… Tu viendrais avec moi, Gabriel ?

L'œil coquin du bel ange ne rassure pas le Poulpe.

– Qu'est-ce y'a dans les fonds sous-marins ?

– Je sais pas. J'y suis jamais allée, moi… Mais paraît qu'on peut voir et surtout y faire des choses ravissantes…

Tout en chantant à tue-tête : « On a beau faire, on a beau dire qu'un homme averti en vaut deux. On a beau faire, on a beau dire, ça fait du bien d'être amoureux », Gérard ralentit, met en stand by avant de mouiller nez au vent, reprend le pilotage manuel.

– Voilà-t-y pas un bel endroit pour se baquer ? énonce-t-il, content de sa performance.

Il regarde le fond sur le sondeur.

– Aux petits oignons, mes poules ! Allez, Gabriel, à toi !

Obéissant, après avoir déroulé son guindeau, le Poulpe jette… l'ancre.

DÉJÀ PARUS AUX ÉDITIONS BALEINE

1. **Le Poulpe** - Jean-Bernard Pouy
   La petite écuyère a cafté
2. **Le Poulpe** - Serge Quadruppani
   Saigne sur mer
3. **Instantanés de Polar** - Franck Pavloff
   Foulée noire
4. **Le Poulpe** - Patrick Raynal
   Arrêtez le carrelage
5. **Instantanés de Polar** - Olivier Thiébaut
   Larmes de fond
6. **Instantanés de Polar** - Jean-Jacques Reboux
   Le massacre des innocents
7. **Le Poulpe** - Didier Daeninckx
   Nazis dans le métro
8. **Le Poulpe** - Noël Simsolo
   Un travelo nommé désir
9. **Le Poulpe** - Franck Pavloff
   Un trou dans la zone
10. **Instantanés de Polar** - Noël Simsolo
    Couleur sang
11. **Le Poulpe** - Paul Vecchiali
    La pieuvre par neuf
12. **Le Poulpe** - Jean-Jacques Reboux
    La cerise sur le gâteux

À PARAÎTRE

13. **Le Poulpe** - Claude Mesplède
    Le cantique des cantines
14. **Le Poulpe** - Pascal Dessaint
    Les pis rennais

Cet ouvrage a été imprimé
sur presse CAMERON
par Bussière Camedan Imprimeries
à Saint-Amand-Montrond (Cher)
en février 1996

- N° d'impression : 1/450 -
Dépôt légal : février 1996.

Imprimé en France